EVIL　東京駅おもてうら交番・堀北恵平

内藤　了

角川ホラー文庫
22841

目次

【主な登場人物】

堀北恵平《ほりきたけっぺい》　丸《まる》の内西《うちにし》署地域総務課地域対策係巡査。長野出身。

平野腎臓《ひらのじんぞう》　丸の内西署組織犯罪対策課の駆け出し刑事。

桃田　亘《ももたわたる》　丸の内西署の鑑識官。愛称〝ピーチ〟。

ペイさん　東京駅丸の内北口そばで七十年近く靴磨きを続ける職人。

メリーさん　東京駅を寝床にするおばあさんホームレス。

柏村敏夫《かしむらとしお》　『東京駅うら交番』のお巡りさん。

永田哲夫《ながたてつお》　柏村の後輩だった刑事。

――人生は苦痛であり、人生は恐怖である。だから人間は不幸なのだ。
だが、人間はいまでは人生を愛している。それは苦痛と恐怖を愛するからだ。
フョードル・ドストエフスキー『悪霊』――

プロローグ

　街角にある電気店のテレビが夕方のニュースで伝えていたのは、芝公園《しばこうえん》に建造中の日本電波塔が年内に竣工《しゅんこう》予定だということと、このタワーの愛称を広く募集するということだけで、殺人事件に関する報道はなかった。完成すれば世界で一番高い電波塔になると、アナウンサーが誇らしげに語っている。

　永田哲夫《ながたてつお》はウインドウの前を静かに離れて、遠巻きにしていた子供と場所を代わった。午後六時から漫画映画の時間になるので、瞳《ひとみ》をキラキラさせた子供らがどこからともなく集まってきていた。電気店からはハタキを持った店主が現れて、ウインドウに手垢《てあか》がつかないように子供とテレビの間に立った。

　賑《にぎ》やかな通りに背を向けて、永田は目的の場所へと向かう。どこもかしこも工事をしている。随所で地面が掘り返されて、つぎはぎだらけだ。巨大な建物が次々に建ち、急速に近代化が進むのを見て、誰もが未来に希望を抱いている。雇用が増えて収入は増え、安定した暮らしが来ると信じているのだ。

けれど永田はそうではなかった。

中野《なかの》駅界隈《かいわい》は北口商店街が賑わっているが、幾本か道を逸《そ》れれば田園風景が広がっていて、そこにできたばかりの公営住宅が軒を連ねる。若い夫婦が暮らしているため子供が多く、道端でも、畑の中でも、そこら中で子供が遊ぶ。

すれ違う人には顔を背けて、永田はぶらりと道を行く。片手をポケットに突っ込んで、煙を吐く素振りで道端に顔を向け、存在感を薄くする。

永田は刑事だから、どういう場合に人が人を不審に思って記憶にとどめるかを知っている。地味な古着のシャツを着て、目立たぬように気配を殺し、住宅街を抜けたとき、ようやく顔を上げてその先を見た。

目指す公園は荒れ地と畑のただなかに、林に囲まれてひっそりとある。

太陽が沈むにつれて、すべてがくすんで汚い色になっていた。スクリーンで観る古い映画さながらに現実感を奪い去っていく不思議な色だ。静かな感慨に浸る分にはいいが、永田にはそれができない。バラバラ遺体が見つかる前に、すべて運び出して始末しなければならないからだ。

住宅地の外れに広がる畑の中にポツンと立っている農作業小屋は、目隠しする樹木も塀もない。畑を通る人からも小屋の様子がよく見える。だから明るいうちに近づくのはまずい。近所の住民でもない自分がウロウロすれば、人目を惹《ひ》くおそれがあるからだ。畑が見える公園の茂みに身を隠し、永田は農作業小屋を見張ることにした。

偏執的な思い込みにとらわれて人を殺したのは数日前。

あろうことか相手は警察官だった。暗闇で襲撃されて返り討ちにするはずが、勢い余って殺してしまった。いや、現実は違うかもしれない。相手は襲撃などしてこなかったし、自分は殺意を以《もっ》て反撃に出たような気もするが、今となっては覚えていない。その瞬間の記憶は曖昧《あいまい》で、前後不覚の霧のなか、意識だけが抜け出して自分の凶行を眺めていたようにも思うのだ。それなのに、恐怖だけは今もよみがえってくる。

襲われて恐怖を感じたわけじゃない。動かなくなった相手のどこにも凶器を見つけられなかった瞬間が、永田は何より恐ろしかった。

そんなはずはない。無実の相手を殺してしまったはずがない。

あの瞬間を思い返すと、今も心臓に痛みを感じる。

「馬鹿野郎……いまさら仕方のないことだ」

畑の様子を観察しながら、永田は自分に囁《ささや》いた。

人を殺したと理解したあと頭に浮かんだのは、こんな間違いがあっていいはずがないということだった。追い立てられるように思考は巡り、永田は素早く行動した。農作業小屋まで死体を運んで、後処理が容易な大きさに解体した。いくつかの部位は肥料の袋に詰めて、臭いのきつい部分だけはその夜のうちに川に捨て、身元が判明しそうな被害者の着衣は持ち帰った。焼却してしまうつもりだったが……。

永田は手のひら全体で、ベロリと自分の顔を拭《ぬぐ》った。

着衣を焼却するのは簡単だと思っていたのに、内密に行うのは難しかった。被害者が行方不明になった直後に刑事が衣服を燃やしていたなどと、誰かに証言されてはまずい。今までは誰が焚《た》き火《び》をしても気に止めたことなどなかったのに、いざ殺人の証拠を燃やそうと思えば、何をやっても疑いの目を向けられそうで怖かった。かといって、殺した相手の着衣を保管しておくのも危険だし、捨てるところを見られるのもまずいと思った。埋めるのもまずい。何もかもまずい。

考えあぐねて永田は自室の掃除から始めた。古い雑誌や所蔵の本や、まだ着られる服や資材などを無理矢理ゴミと偽って、大家の庭で焚くことにした。コソコソ焚くのもまずいからだ。

『これ、燃やすのならもらっていいかい？』

と、訊《き》かれたときは快く古本や服を分け与え、行動に矛盾が出ないよう気をつけた。

被害者の着衣はボロに見えるよう引き裂いて、火を熾《おこ》す際の焚き付けとした。失禁で汚れた下着は紙袋に包んで火に投げ込んだが、濡《ぬ》れた部分が燃えにくく、紙袋の間からそれが見えたときにはゾッとして、思わず周囲を見回してしまった。

永田は全身に汗をかいたが、それは焚き火が熱かったせいではなくて、証拠がきれいに燃えてくれるだろうかと緊張したからだ。川に捨てた胴体を包んでいた肥料の袋も一緒に燃やした。分厚いビニール袋は内側に被害者の組織を残していたが、あっけないほどすぐ燃えて、容《い》れ物に選んだ自分を褒めた。こっそりと、心の中で。

そして今、永田は最も身元につながりやすい頭部と腕を運び出すため、公園で日が暮れるのを待っていた。農作業などしたことがないので知らずにいたが、畑を持つ者は勤勉で、着衣と胴体を運び出した翌日の夜に農作業小屋へ戻ってみると、鋤《すき》と鍬《くわ》が使われた形跡があってゾッとした。遺体の部位は小屋の奥に隠してあったし、血を吸った地面もほんのわずかだ。袋の口はきつく縛って、上に筵《むしろ》を積み上げておいた。

内部で起きた惨劇に気付かれた気配はなかったが、遺体の腐敗が進んで臭気が出れば見つかってしまう。永田は焦り、その夜のうちに大腿部《だいたいぶ》を運び出したが、川に捨てることはまだできていなかった。

胴体部分を川に捨てれば水に揉《も》まれて多くの証拠が流れ出る。鰻《うなぎ》や鯰《なまず》は柔らかい内臓を好むから、むさぼり食われて土左衛門《どざえもん》と区別がつくまい。

けれど大腿部となればそうはいかない。切断された下肢が見つかればバラバラ事件の捜査が始まる。だから川には捨てられない。悩んだ挙げ句、永田はそれを持ち帰り、処理もできずに下宿の押し入れに置いていた。願わくは胴体が水にふやけてさっさと喰《く》われ、原形すらわからないようになればいい。

消したい。消してしまいたい。殺人のあと、考えることはそれだけだった。

現在小屋に残っているのは両腕と頭部だけである。それらも今夜中に運び出そうと決めて、永田はナップザックを持って来た。すべてをザックに詰め込んで、背負って運び出すつもりであった。その後どうするか、よいアイデアは浮かんでいない。

下宿の押し入れの床を剝《は》がして縁の下に穴を掘り、そこへ埋めておくのはどうか。だがそれも、永田自身が逮捕した犯人が遺体を隠した方法と同じで月並みだ。

「くそ……」

永田は煙草に火を点《つ》けた。

畑では子供たちがまだ遊んでいる。その歓声がここまで聞こえる。

「ガキどもめ、早く帰れ」

もはや太陽も沈んだというのに。

忙《せわ》しなく煙を吐きながら、永田はつま先で地面を蹴《け》った。

床下に遺体を置くなんてずさんな奴だと、あれほど犯人を小馬鹿にしたのに、いざその立場になってみれば、犯人の気持ちが痛いほどわかった。人間一人を消し去ることがこれほど難しいとは思わなかった。だが俺はやる。俺は刑事で、捜査の手順はわかっているのだ。

子供たちはまだ遊んでいる。奇声を上げたり、笑ったりしている。

クソガキどもは箸《はし》が転んでもおかしいのだろう。おまえらが幸せなのは、死から最も遠い存在だからだ。そして永田は閃《ひらめ》いた。

隠そうとするから難しいんだ。死体は死体があるべき場所へ捨てればいい。

その考えに一縷《いちる》の光明を見出《みいだ》して、犯した罪も、忌まわしい死体も、すべてなかったことにできると感じた。そうとも、死体は墓地に埋めればいいんだ。都内でも僻地《へきち》へ行けばまだ土葬している場所がある。掘り返しても違和感がない新しい墓を探して、そこへ埋めてしまえばいいのだ。

完璧《かんぺき》だ。各部位は手頃な大きさになっているし、次に死人が出るまで掘り返されることもない。よしんば墓が暴かれたとして、その頃には腐って誰の一部かわからなくなっているはずだ。埋めるとき頭蓋骨《ずがいこつ》は砕いてしまおう。骨だけになれば古い髑髏《どくろ》の欠片《かけら》と交じってしまうはずだから。

夕暮れに風が冷え、子供らがようやく家へ帰って行く。

永田は地面に置いていたナップザックを背負った。もう一本だけ煙草に火を点けて、これで終わると自分に言った。そうれみろ、最初からわかっていたことじゃないか。俺ならできる。俺は頭がいいのだからと。


注意深くタイミングをはかってから、誰にも見られず畑を進んだ。農作業小屋に近づくと、子供が忘れたメンコの箱が落ちていた。

閂《かんぬき》を外して、戸を開けて、閉める前にもう一度あたりを窺《うかが》った。

大丈夫だ。誰もいないし、見られてもいない。

粗末な板戸を閉めてしまうと、隙間から薄い光が射し込んでいた。かすかな外の光である。内部は暗く、目を凝らしてようやく様子がわかる。

ナップザックから懐中電灯を出すと、永田は光源にハンカチをかぶせた。小屋の隙間から光が漏れて見咎《みとが》められることがないように、用心に用心を重ねたのだった。

やるべきことは簡単だ。小屋の隅に積み上げておいた筵をどかし、古い農機具の後ろに隠した肥料の袋を引っ張り出してザックに詰め込み、あとは来たときと同じように筵を戻して出て行けばいい。

部位はとりあえず押し入れに隠し、明日から手頃な墓地を探そう。

薄い光で床を照らして永田は小屋の隅へ行き、積み上げておいた筵をどけた。恐る恐る鼻腔《びこう》を広げて臭いを探る。腐敗臭はまだしない。悪臭を放つ内臓と胴体を最初に処理した自分を褒めたい。俺は死体の処理に間に合ったのだ。

すべての筵をどかすと、脱穀機の後ろに袋が三つ並べてあった。今まで持ち出したどの部位よりも小さくて運びやすいと永田は思った。先《ま》ず頭部を持つ。重さは七キロ程度というところだろう。ナップザックの口を開け、頭部を底に押し込んだ。

両腕の袋は軽かった。肘《ひじ》で逆折りにしたのだが、二つともそこそこの長さがあったので頭部の両側に立てるようにして押し込んだ。それらを回収したあとは、筵の見た目が変わらないよう、底にあたる筵を縦にして嵩《かさ》を増し、他の筵を上から載せた。その後は順繰りに周囲を照らして、最後に地面の土を見た。袋から体液や血液が漏れてシミを残していないか確認したのだ。若干の汚れは靴で蹴散らしてよしとした。

万事が上手《うま》くいったと知って、永田はナップザックを背負った。懐中電灯を消して外ポケットに入れ、意気揚々と小屋の戸を開けたとき、そこに小さな人影があった。

「おじさんだれ？　ぼくんちの小屋でなにやってるの」

永田はすくみ上がった。

板戸の外側に子供がいたのだ。メンコの箱を抱えて悪びれもせずに立っている。

刹那《せつな》、永田は子供の口を手で塞《ふさ》ぎ、小さな体を抱き上げて小屋の中へと連れ込んだ。

ほんの一瞬、「あっ」でもなければ「きゃ」でもない、たとえようのない悲鳴が上がった。だが、それだけだった。メンコの箱が地面に落ちて、バラバラと中身が散らばった。永田は子供の口を塞いだまま、もう片方の腕を首に回した。

そして数秒、数分だろうか、その間の記憶が一切ない。

ふと我に返ったとき、折り曲げた永田の腕に細い首を挟まれたまま、子供は動かなくなっていた。パンパンに腫《は》れ上がった子供の顔に鼻血の筋が流れている。小便の臭いがしたが、永田は少しも動けなかった。小さな体が重くなり、履いていた靴に生ぬるく小便が染みてきた。子供の命が小便と一緒に体を抜け出していったのだ。

暗闇に目を見開いて、永田は自分を叱責《しっせき》した。

大馬鹿野郎。親がここまで捜しにくるぞ。

小屋の隅まで引きずっていき、落ちたメンコを拾い集めた。ナップザックを下ろしてそこに詰め、メンコの箱も押し込むと、永田は小屋を見回した。真っ暗で、農機具などは影にしか見えない。そのくせ腫れ上がった顔だけは、白々と闇に浮かんでいる。

子供が戻らなければ、親たちはここへ捜しに来るだろう。そして小便の臭いに気がつく。永田はズボンの前を開け、小屋の戸口に放尿した。

不届き者はどこにでもいる。畑の真ん中で尿意をもよおし、ここで小便する者がいたっておかしくはない。それにしても、子供はどうする？

またバラバラに……さすがにそれはできなかった。抱き上げて小屋に連れ込んだときの幼気《いたいけ》な手応《てごた》えと体の軽さ。子供に罪はないのだという至極真っ当な価値観が、永田を内側から破壊していた。

それじゃどうするつもりなんだよ。

頭のなかで声がする。

永田は両手で頭を掻《か》きそうになり、髪の毛が落ちると気付いて腕を下ろした。捜しにくれば親たちは小屋の中を見るだろう。だからここへは置いておけない。

戸に近づいて、外を見た。太陽はすでに消え、シルエットになった街の輪郭が不穏な色に変わっている。濃い赤と臙脂《えんじ》と青と藍色《あいいろ》が混じった空だ。公園の街灯が点き、どこかで豆腐屋のラッパが聞こえ、畑の周囲に人影はない。

永田は全身が震えてきた。頬に涙が流れていて、鼻水が口に入ってくる。落ち着け、いいからとにかく落ち着くんだ。おまえがしたことは正しい。この子をもし、生かしておけば、農作業小屋に見知らぬおじさんがいたと家の誰かに話すだろう。そしてもし、バラバラ遺体の身元が割れたら、被害者が失踪《しっそう》したあたりが知れて、同じ時に同じ場所で捜索していた自分が捜査線上に浮かんでしまう。

そうとも、水はどこからでも漏れるのだ。わずかな漏れが命取りになって、俺は殺人犯になる、刑事が殺人犯になる、そんなことがあってはならない。

無性に煙草が欲しかったが、意志の力で抑え込む。そして永田は自分に言った。

周囲は畑だ。水を引き込む水路があるはず。そこで溺《おぼ》れたことにするのはどうか。

いやいや、喉《のど》に窒息させた跡がある。

だが、いつまでもここにはいられない。

ならば遺体を運び出せ。とりあえずここを出て遠くへ運べ。

どうやって。

ナップザックだ。と、心は言った。

とりあえず肥料の袋をザックから出して水路に置こう。畑の中に袋があっても、誰も不審に思わないはずだ。子供は背中で鯖折《さばお》りにして両手両足を畳んでしまおう。そうすればザックに入る。死体を家に運んでから肥料の袋を取りに来い。誰も不審に思わない。それがいい。

ナップザックを腹に回して抱えると、永田は子供を背中に担いだ。そして素早く農作業小屋を離れて水路へ向かった。水際には身の丈ほどの葦《あし》が生えている。そのなかで子供を畳むのだ。子供を……何の罪もないというのに……。

慟哭《どうこく》がこみ上げて、永田は嗚咽《おえつ》を漏らしそうになった。

子供を殺すなんて人間のすることじゃない。俺は鬼畜になったんだ。

両手で口を覆うと、子供の涙の味がした。

行く手の闇は濃くなっていく。自分はどこまで墜《お》ちるのか。街灯の明かりを避けながら永田は必死に闇を進んだ。どこまで行こうと、その先に明かりが灯《とも》ることは二度とない。堆肥《たいひ》の臭いを嗅《か》ぎながら、永田はそんなふうに思うのだった。

鯰《なまず》や鰻《うなぎ》はろくな仕事をしなかった。

昭和三十三年の春。永田が被害者の部位を川へ遺棄した直後、胴体の一部が本石町《ほんごくちょう》日本橋《にほんばし》川の中州に流れ着き、殺人事件の捜査が始まった。

被害者は古賀《こが》誠一郎《せいいちろう》という十八歳の青年で、まだ警察官になったばかりであった。

捜査本部は日本橋警察署に立ち、永田が勤務する野上《のがみ》署にも協力要請がきた。

警察官が殺されるという一大事にすぐさま二千人規模の捜査官が動員されたが、情報はまったくと言っていいほど得られなかった。古賀は非番に失踪しており、その足取りを知る者はいなかったのだ。

一方、農作業小屋の持ち主の子供が行方知れずになった件については、報道すらされずに終わった。誘拐事件の捜査は秘密裏に且つ迅速に進めることが定石だが、身代金の要求など犯人からの接触がなかったこともあり、所轄署は事件と断定することができなかったのだ。捜索は子供の行動圏内にある危険な場所を中心に進められたが、遺体はおろか不審人物の目撃情報も、失踪の痕跡《こんせき》すらも見つからなかった。

刑事の立場を利用して二件の捜査状況を知ることができたにも拘《かか》わらず、永田は持ち前の忍耐強さを発揮して耐えた。警察官殺害事件に異様な興味を持つのはまずいし、事件を避ける態度もまずい。あくまでも第三者の顔をしながら刑事の振る舞いを続けることは、想像以上に難しかった。

知られたくない。訊《たず》ねて欲しい。暴かれたくない。自慢をしたい。

犯行を暴かれるかもしれない恐怖、暴かれるはずなどないという自信、完全犯罪をやってのけたという興奮が、ない交ぜになって渦巻いた。ふとした弾みに喉元《のどもと》まで出かかって来るあれこれを、その都度呑《の》み込んで冷静に振る舞う。過去に逮捕した犯人どもがどれほど不自然な行動をして、そのせいで誰に何を気付かれたのか考えた。連中は愚かにも、犯した罪に囚《とら》われるあまり尻尾《しっぽ》を出したが、俺は決してそうならない。罪なんか、認めずに忘れてしまえばいいのだ。そうすれば不安が態度に表れることもなく、不審がられることもない。記憶を一切消し去って罪の意識を排除する。

懸命に刑事を演じているうちに、永田はやがて悪い夢を見ていただけのような気持ちになった。戦時中にはもっと酷《ひど》いことが起きたじゃないか。道端に死骸《しがい》が転がっていたし、それが朽ちていく様を子供も見ていた。殺人なんてたいしたことじゃない。

子供の失踪と警察官の殺人が結びつくこともなく、バラバラ事件の捜査本部は約ひと月後に解散した。

あっけなく危機が去ってしまえば、すべてが夢まぼろしだったかのようで、永田はさらに自信を深めた。冷静に頭を使えば完全犯罪は成立するのだ。

紙面を賑《にぎ》わしていた猟奇事件の報道も新しい事件に追いやられ、野上署に持ち込まれる事件といえば自転車泥棒に無銭飲食、せいぜい刃傷沙汰《にんじょうざた》の夫婦喧嘩《げんか》という平和さになったある日のこと。永田は道端で石蹴《いしけ》りをする子供の声を聞きながら報告書を書いていた。大事件で手柄を立てたいと躍起になっていた自分はもういない。いくらポーカーフェイスを装ってみても、人を殺した衝撃は深部に潜んで永田を疲れさせ、あらゆる気力を奪っていった。軽犯罪の報告書を書く毎日に満足しながら、永田は洞《うろ》のようになった自分の心を分析した。犯行を隠しおおせた実感が今さらのように恐怖を呼んで、疲弊しきったのかもしれない。

時折上がる子供たちの歓声が、幼気《いたいけ》な少年の細い首と汗の臭いを思い出させる。靴を汚した尿と、筵《むしろ》や藁《わら》や堆肥の臭い。ひとたび記憶の扉が開けば、次に思い出されるのは若い警察官の首を落としたときの手応《てごた》えと、血液と脂で汚れた手、そして……永田はブルンと頭《かぶり》を振った。落ちたメンコや、ナップザックに押し込むためにへし折った子供の背骨の感触が散っていく。

「はあ！」

永田は自身の溜息《ためいき》に怯《おび》えて周囲を見回し、反射的に煙草を出して火を点《つ》けた。

昼下がりの署内は閑散として、二つ向こうの島で別の刑事が居眠りをしている。肺を虐《いじ》めるほど煙を吸い込んでから、報告書の文字を消しゴムで消した。迂闊《うかつ》にも、信じられないほど悪筆になっている。これじゃまずいぞと自分に言ってネクタイをゆるめ、ワイシャツの袖《そで》をめくると前のめりになって片肘《かたひじ》をつき、咥《くわ》え煙草でエンピツを握り直した。そのとき、傾けた体の脇にチラリとツイードのズボンが見えた。

よれよれで埃《ほこり》っぽいベージュのツイードは、署に出入りする雑誌記者のトレードマークだ。『明野《あけの》のジジイ』と呼ばれる老記者で、七十を過ぎているらしい。老骨にむち打って所轄を回り、ネタになりそうな話を集めては出版社に売っているという噂の男だ。もちろん正確な記事など書かず、実際の事件から猟奇的で陰惨な部分だけを抜き出して扇情的で下品な見出しをつけ、雑誌を売るのが目的だ。腐肉に群がる蠅のようなジジイというのが、明野に対する野上署全体の評価であった。

まだ駆け出しだったころ、永田は柏村《かしむら》という老刑事の下で仕事を覚えた。ある日、誘拐事件の捜査を外されて署で留守番をしていると、たまたま受けた電話が殺人事件の通報で、大手柄を立てたことがある。

明野のジジイにつきまとわれて閉口したのは、その時が初めてだった。先輩刑事の柏村は事件の内幕を公にすることを嫌う質《たち》なので、ジジイは若い永田にまつわりついて自己顕示欲や高揚感を煽《あお》る作戦に出た。そしてこう言ったのだ。

——あんたが話さなくてもね、こういう事件はいずれ公になるもんですよ。いいんですか？　捜査と無関係な連中が、まるで自分の手柄みたいに事件のことを吹聴《ふいちょう》するんだ。本件は永田さんの初手柄だっていうのにねえ——

それで何を話したのかは覚えていない。近所の人とか、通報者とか、おぞましい情報はどこからでも漏れそうな気がしたし、ネタ元なんかわかりようがないと考えたことだけを覚えている。

猟奇事件を扱った記事はすぐさま世間を騒がせて、ジジイはよほどの実入りを得たらしい。それに味を占めたのか、ヒマさえあれば野上署の様子を見にやって来て、永田に声をかけるようになってしまった。

相手が何か言う前に、永田は蠅を追い払う仕草をした。

「自転車泥棒の報告書だ。爺《じい》さんの好きそうな事件はねえよ」

受話器に手を置き、電話帳を引き寄せる。それで諦《あきら》めると思ったのに、

「ほう。自転車泥棒ですか」

ジジイはとぼけて椅子を引き寄せた。永田は「チッ」と舌打ちをした。

「邪魔だよ、爺さん。忙しいんだ」

明野は椅子ごとすり寄って来て、上下揃いの上着に手を突っ込んだ。意味深にこちらを覗《のぞ》くその顔めがけて、永田は煙を吐き出した。

「失《う》せろ」

冷笑交じりに言った瞬間、永田はわが目を疑い、凍り付く。

取り繕うには心の準備が必要だ。準備ができれば大抵のことは上手にやり過ごせるが、不意を突かれたらそうはいかない。瞬時の表情、目の動き、自然な反応は隠しきれない。刑事は容疑者の挙動を参考にするからよくわかる。

しまった。自分は明らかに挙動不審だったし、それを取り繕うための平静さをジジイが見抜くであろうことも悟った。

明野が内ポケットから出したのは、一枚のメンコだったのだ。

他の刑事から見えないように、明野はそれを膝《ひざ》に置く。あのメンコかは、わからない。子供の首を絞めたとき地面にばらまいた分は拾ったはずだが、暗かったし、慌てていたし、拾いそびれたのかもしれない。永田はゴクリと喉《のど》を鳴らした。その様子に満足してか、ジジイは再びメンコをポケットに入れた。二の句が継げない。どのように頭を回転させても、不意打ちを喰《く》らって見せた動揺をなかったことにする言い訳を思いつけない。そもそもジジイはメンコを見せただけじゃないか。そうとも、メンコを見ただけだ。『なんだ？』と、普通に訊《き》けばよかった。俺としたことが。

永田が咥えた煙草から、長くなった灰がデスクに落ちる。

明野は邪悪な顔をして、こぼれた灰を床に払った。

「中野駅近くの公園は……」

などと言う。

それは永田が殺人を犯した場所だ。瞬間的に、頭の中で永田は老人を絞め殺す。

明野は伸び上がって灰皿を引き寄せ、電話の前に置いてきた。アルミの安っぽい灰皿は吸い殻が山になっていて、隅のほうで煙草をもみ消そうとすると、老人はアルミの灰皿ごと永田の指をグッと握った。

「……周囲がまだ開発されてないからねえ」

その手を永田は振り払う。

「爺さん、何が言いたいんだ」

迫力を込めて睨《にら》みつけたが、声がうわずったようにも思えた。

居眠り刑事は気付いてもいない。子供の歓声はまだ聞こえるし、署内は平和で間抜けている。老記者は、いつも見ていた明野のジジイとまったく別の表情をしていた。

「まだ周りが畑ばっかりだろ？　農作業小屋もあってさぁ、メンコはね――」

思わせぶりに言葉を切ったので、永田は再び心で老人を殺した。こんなジジイは一ひねりでお陀仏《だぶつ》だ。何を知っているのかしらないが、強請《ゆす》る気ならば容赦はしない。

アドレナリンが分泌されて、永田の顔が赤黒くなる。

それを見て老人は低く嗤《わら》った。

「──ふむ。あたしはあんたの味方なんだよ」

（なに？）

不覚にも永田は声を潜めてしまった。そして自分が追い詰められたと知って、意志とは無関係に体が震えた。こんな反応が出るなんて、思ってもみないことだった。

「あたしはねえ、前からあんたに目をつけていた。なかったことにしたいんだよね？」

永田は口をパクパクさせた。罪の意識は冷静に、冷酷に、胸に押し込めてきたはずだ。しかも自分は完璧《かんぺき》だった。なのに、体と心が乖離《かいり》して全身のコントロールが利かなくなった。目の縁が充血していくのがわかったし、背中を冷たい汗が流れていくのもわかったが、どうにもできない。老人は目を細め、安心させるように笑った。

「新しい墓を探して埋めたよな？　発想は悪くない。だがねえ、その家でまた死人が出たよ。流行病《はやりやまい》のご時世は、墓を選ぶにも気をつけないと」

蛇に睨まれた蛙というのは、きっとこんな気分なんだろう。

永田は頭が真っ白になり、なぜ爺さんがそんなことを知っているのだろうと恐怖を覚えた。済んだことだと安心しきっていたから尚更《なおさら》だ。赤黒かった顔が蒼白《そうはく》になり、指先が冷えていく。何を言えばいいのか言葉すら浮かんでこなかった。

「いいんだよ、安心しなさい。今夜墓場で会おうじゃないか。葬式の前に掘り出して、あとはあたしに任せればいい」

これは本当に明野のジジイか。それとも、明野のジジイに化けた得体の知れない何かだろうか。老人をマジマジと見ていると、

「なんだ、明野の爺さんじゃないか。うちへ来たって何もないぞ？　バラバラ事件なら日本橋署へ行くがいい。規模は縮小したものの、捜査は続いているからな」

居眠り刑事が目を覚まし、デスクから声を掛けてきた。意味深な瞳《ひとみ》を寸の間永田に向けてから、明野は乱ぐい歯を剝《む》き出して笑った。

「こりゃ課長さん。そうですってねえ。こっちの刑事さんにも同じことを言われましたよ。目下のところ野上署は自転車泥棒を追ってるだけって」

「ばーか。ふざけた口を利いていねえで帰れ帰れ。俺たちも暇じゃないんだよ」

居眠りしていたことは棚に上げて刑事が怒鳴ると、明野は、

「はいはい」

と頷《うなず》いて警察署を出て行った。

「まったくハイエナみてえなジジイだ。永田、おまえも気をつけないといかんぞ」

「すみません」

永田は謝り、明野が消えたとたん、また思考回路がつながったぞと考えていた。あ

の口ぶりでは子供のことを知っているんだ。なんで？　どうして？

　子供を殺害した夜に、永田は心当たりのある墓で土饅頭《どまんじゅう》を掘り返し、そこに部位と子供を埋めた。埋葬されたばかりの墓は土が軟らかくて掘りやすかったし、棺桶《かんおけ》が腐る頃には遺体も白骨化して誰の骨かわからなくなっているはずだった。でもまさか、同じ家ですぐに死人が出るなんて。冷静にホトケさんの死因を調べていれば、伝染病に罹患《りかん》した一家の墓を選ぶことはなかったろうに。

「くそぅ……」

　永田は吐き捨て、想像を巡らせた。土葬するため隣に墓穴を掘ったとして、そのときに生首や子供の死体が出てきてしまえば万事休すだ。捜査が俺に辿《たど》り着くことはないと思うが、明野のジジイから秘密が漏れるかもしれない。

　ドク、ドク、ドク……と、心臓が鳴る。痩《や》せて小さなジジイひとり縊《くび》り殺すのはわけもない。だが秘密を知る者が他にもいたら……ジジイはどこまで知っている？　どうしてそれを知っている？　三文雑誌の記者ごときが、どうやってそれを知ったんだ。

　煙草を咥《くわ》えて火を点《つ》けた。激しく煙を吐きながら半分ほど吸うと、永田は頭がはっきりしてきた。先《ま》ずはジジイの言うとおり、夜を待って墓場へ行こう。あいつがなぜそれを知り、他に知っている者がいないか確認するのだ。

もはや恐怖は感じなかった。それどころか、全身に力が漲《みなぎ》っていた。綻《ほころ》びは、小さいうちなら処理できる、まだ間に合うと永田は思い、自分ならやれるという高揚感を味わった。墓場の様子を思い描いて、どのルートで行くのが正解かを考える。人目を避けられないところは敢《あ》えて堂々と行くのがいい。留守だったと証言されないよう大家にはアリバイを作っておこう。シャベルは下宿の裏へ移動しておき、出がけにこっそり持ち出そう。もしくは墓場近くの家から拝借するのがいいかもしれない。それから、あとは……。

永田が子供を埋めた墓地は犯行現場から遠く離れた場所にある。

街の開発が進むなか、住宅地から離れた山林に区が造成した墓所である。周囲に民家はなく、墓守をする寺もなく、時間外は管理事務所も閉じている。知っていたからそこを選んだ。街の灯を見下ろす高台に竹林があって、斜面の一部を開拓して墓地としているが、まだ開発途中なので立派な墓石を置いている家はなく、角材に家の名前を書いただけの墓標がいくつか立つだけの寂しい場所だ。遺体は棺桶ごと埋めるため、新しくホトケさんの出た墓は土が盛り上がっている。土饅頭が下がるのを待って遺体を掘り出し、骨を洗って再び納める地方もあるが、このあたりではそのままだ。だから一軒あたりの敷地は広く、棺桶を三つ埋められるほどのスペースがある。

懐中電灯の明かりを頼りに永田は竹藪《たけやぶ》を横切った。光で人目を引かないように足下だけを真っ直ぐ照らす。墓地には街灯が設置されておらず、青い月明かりがぼんやり周囲を照らしている。梅が終わって桜のつぼみが膨らもうという頃で、葉のない樹木は隠《かく》れ蓑《みの》にならず、竹藪はむしろありがたい。

下草を踏む音が、ざくり、ざくりと響く。前も同じルートを歩いたはずが、少しの間に月の出る位置が変わってしまい、方向を見失いそうになる。眼下に浮かぶ街の明かりを頼りに永田は進む。またも土を掘り返し、処分し損ねていたナップザックに再び遺体を詰め込むことを考えると気持ちが沈んだ。

ああ、くそう……全て終わったと思っていたのに。殺人は間尺に合わんな。

時間を打ち合わせたわけでもないのに、件《くだん》の墓には明野のジジイがしゃがんでいた。暗がりに小さく赤い火が見える。土饅頭に尻《しり》を載せ、煙草をふかしているようだ。

警察署で話したときも妖怪《ようかい》じみたジジイに思えたが、両膝《りょうひざ》を抱くようにして夜の墓場に座る姿は、はたして本当に人間なのかとゾッとする。後ろから近づいて首を絞めればあっけなく死にそうなほどヨボヨボなのに、妖刀の切れ味を感じさせて不気味だ。エログロ猟奇が売りのカストリ雑誌も、実はこの爺《じい》さんが生みの親ではないかとさえ思う。

「永田さんだね？」

振り向きもせずに老人は言う。

「あたしをどうにかしようと思ってんなら、よすことだ。署であんたに話したとおり、あたしはあんたの味方だよ。あんたを助けてやろうと言うんだ」

永田は余計に恐怖を感じた。こんな小さいジジイ一人に何を怯《おび》えるのかわからないのに、とにもかくにも不気味に思える。こいつには死が染みついている。その臭いが俺を怯えさせるのだ。人の皮を剝《は》ぎ捨てた老人は死神のようだ。一切の感情、柔らかさや、ぬくもりや、そうしたものがなにひとつない。

「爺さん、あんた何者なんだ」

自分の声が裏返る。老人は闇にゆっくり煙を吐くと、首だけ回して永田を見上げた。

「埋めたものを掘り出せば、あたしがもらって処分してやる。なに、金をよこせと言う気はないよ。ただ、ちょっと……」

老人は立ち上がり、「永田さん」と、また呼んだ。

暗くて顔は見えないが、永田は老人の細長い目が黄色く光っているんじゃないかと思った。殺人を犯したときも、メンコを見せられたときも、初めて猟奇殺人の現場へ行ったときでさえ、これほど恐ろしかったことはない。

冷たい汗が背中を流れる。

「あんたも知ってると思うがね、世の中には漏れちゃいけないことがある。なんでもかんでも公にすればいいってもんじゃあないんだよ。そのほうが全体的に上手《うま》くいくんだ。あたしはね、世の中のためになる仕事をしている。墓を掘りな。中のものはもらっていくから」

「あんた……」

口が乾いて、言葉が喉《のど》に張り付いた。

「……どうしてそれを……知っているんだ」

「ああ、それは」

と、老人は笑う。

「あんたを見張っていたからさ。いつから見張っていたのか教えてあげるよ。例の事件だ。あの時から、あたしはあんたを見張っていた。筋がいいと思ったからね——」

老人は乱ぐい歯を剝き出した。

「——そうれそれ。あたしの他には誰がこのことを知っているんだろうと考えてるね？　安心しな、他の誰にも漏らしちゃいないよ」

いまシャベルで殴り殺せば済むと、瞬間的に永田は思った。けれども動くことすらできなかった。それをすれば殺されるのは自分だと本能が叫んだからだ。細胞レベルで感じる恐怖で体がすくむ。間違いない。老人は濃厚な死の臭いを纏《まと》っている。

「あたしを殺そうと思ったろ？　でも、ためらった。正しいよ……蛇《じゃ》の道はヘビと言うけれど、同じ種類の人間は、目を見ただけでわかるんだ」

同じ種類の人間だと？

永田はすぐに最初の事件の犯人を思った。少年を殺してバラバラにして、金魚鉢でホルマリン漬けにしていた奴だ。青白い顔で、薄気味悪くて、完全にいかれていた。

「なにもかも、なかったことにしたいんだろう？　わかるよ、誰もがそう思う。だから大金を稼げるし、あんたもきっと満足するよ」

「なんで、俺が、満足なんか……」

ひ。ひ。と、老人は笑う。

「そろそろわかってもいい頃だろうに。こういうことを受け入れられずに壊れていく人間もいれば、徐々にその先を極めたいと思うようになる者もいる。入口はほんの些《さ》細《さい》なきっかけだがな、あんたは後者だ。あたしにはわかる」

永田はもはや言葉が出なかった。

老人の言葉は心地よく、胸に溜《た》まっていた澱《おり》を洗い流してくれるような気さえした。

「いいかい？　こういうことは誰かがやらなきゃいけないんだよ。汚れ仕事を引き受けるのは世の中に貢献することだ。知ってるだろ？　医者先生だってその裏に、暗い秘密を抱えているんだ。医学生は人体の構造を調べるために墓場から死体を盗んでいるよ。無責任で浅ましい奴らはおぞましいと顔を背けるけれどもさ、そうしておいて医療には頼るんだから嗤《わら》わせるよねえ」

明野の言うことは尤《もっと》もだ。永田はシャベルの取っ手を握る力を抜いた。

「爺さん。あんたは何者なんだ」

「死の商人。客はあたしをそう呼ぶね。だけど、もうこの歳だろう？　ご贔屓《ひいき》さんがたくさんいるのに、いつまで仕事を続けられるか……」

そうして永田にニタリと笑った。

永田さんは、きっと興味があるだろう？

明野にそう訊《き》かれたと思った。

竹藪が背後でザワザワ揺れる。街の灯は遠く、月明かりが土饅頭《どまんじゅう》を照らしている。

陰惨で、湿っていて、青黒い気配の夜だった。

第一章　東京駅おもて交番

朝まだき。徐々に明るくなっていく空が街灯の存在感を消していく。黒々としていた景色が灰色になって、徐々に薄いブルーへと変わり始める。皇居の上に白々と夜が明け、青みを取り戻しかけた空を鳥たちがゆく。かすかに立ち上るアスファルトと煉《れん》瓦《が》の匂いに、恵平《けっぺい》は、今日も暑くなりそうだなと考えた。

午前五時。始発列車はすでに動いている。

立番《りつばん》している交番から十数歩だけ移動して、斜めの位置から東京駅を振り向いた。正面まで行きたかったが勤務中なのでそうもいかない。太陽は駅舎の背後に昇るので、夜明け前のいっときだけ赤煉瓦《あかれんが》の駅舎がシルエットになって、輪郭がクッキリと朝焼けの空にそびえ立つ。ほんとうにきれいな駅だと今でも思う。

この駅は百年ものあいだ同じ場所に立ち続けている。そこを出入りした人々の面影や息づかいや人生までもが息づいているのを感じてしまう。

「夜明けです」

と、恵平は駅に言う。

「今日も一日、みなさんが無事で、幸せでありますように」

見守ってください、と心で唱えて頭を下げた。

堀北《ほりきた》恵平は二十三歳。丸《まる》の内西《うちにし》署に勤務する新米女性警察官だ。最近ようやく警察学校で初任補修科課程を修了して、正式に東京駅おもて交番へ配属された。肩書きは『警視庁丸の内西署、地域総務課、地域対策係巡査、堀北恵平』というもので、個人の名刺を受け取ったときは嬉《うれ》しくて鼻の下が伸びてしまった。

宝物の名刺はその日のうちにこっそり署の先輩に配って回った。刑事の平野《ひらの》や鑑識の桃田《ももた》が名刺を受け取って、それぞれのカード入れにしまったときは、恋をしたかのようにキュンとした。幸せだった。夜には故郷に手紙を書いて、名刺を四枚忍ばせた。お父さんとお母さんとお祖母《ばあ》ちゃん、お仏壇のお祖父《じい》ちゃんに供える分である。

とうとう一人前の警察官になったんだ。私、警察官になりました。

恵平は、見習いのときから大好きだった東京駅に、再度深々と頭を下げた。

夜勤明けの今日は非番で、雑務を終えて時間が空いたら……どうしようかと考えて、ついつい口元が緩んでしまう。靴磨き職人のペイさんは今日もお店を開くだろうか。

お婆さんホームレスのメリーさんとは地下街のどこかで会えるだろうか。呉服橋《ごふくばし》ガード下の焼き鳥屋『ダミちゃん』はお昼にお店を開けるだろうか。板金工ホームレスの徳兵衛《とくべえ》さん、町工場の親父社長に、オネエのジュリちゃん、あとは、それから。

名刺を受け取って欲しい人たちの顔が次々と頭に浮かぶ。みんな見習い警察官の恵平を陰ながら応援してくれた人たちだ。それから、それから、

「柏村さん」

六十年以上も前に殉職したお巡りさんの名を呟《つぶや》いた。

可能なら柏村さんにも報告したい。丸の内西署が凶悪事件を抱えるたびに、恵平と平野に助言をくれた先輩だから。

柏村は警視庁の都市伝説になっている警察官だ。野上警察署の刑事から交番のお巡りさんへ異動して、昭和三十五年の人質立てこもり事件で殉職し、ポリスミュージアムの顕彰コーナーに遺影がある。

柏村が勤務していた東京駅うら交番はかつてときわ橋の近くにあったというが、昭和四十年代に取り壊された。ところが二十一世紀の現代になってから、その交番を訪れて柏村と会ったと証言した者が警視庁には複数いたらしい。ある者は酔っ払って街を歩いていたときに。ある者は疲れ切った状態で。またある者は、心に悩みを抱えて

昭和の古い交番へ辿《たど》り着き、当時六十過ぎの老警察官だった柏村敏夫《としお》と会話した。幻の交番は在処《ありか》を確かめようとしても叶《かな》わない。再び行こうとしても行き着けない。夢を見たのか、勘違いだったのか、解釈の仕方はそれぞれだけど、ひとつだけ共通するのは、うら交番へ行った者はみな一年以内に命を落としていることだ。

交通量が増えてきた。オフィスへ向かう人の波はまだないが、明るくなっていくにつれ、ビルの目覚める気配がしてくる。朝の空気に満たされたくて、恵平は両腕を伸ばして深呼吸した。

少し前、まだ府中《ふちゅう》市の警察学校にいたときは、世界中が不明の感染症に打ちのめされていた。下火になったと思えばまた蔓延《まんえん》し、先の見えない闘いに右往左往させられた。けれど市井の人々は今も強か《したた》に生活を営んでいる。薄紙を剝《は》がすように活気が戻り、東京駅はまた騒がしくなった。悲しいことも悔しいこともたくさんあったはずなのに、それらを包み隠して街は息づく。

大丈夫。震災も空襲も乗り越えて、この場所にいるんだよ。と東京駅は恵平に言う。

駅を出てくる人の姿が見えたので、背筋を伸ばして開脚し、背中で手を組んで正面を向いた。東京駅おもて交番を訪れる人は道を訊《たず》ねに来ることが多い。でも、この時間に駅を出る人たちはオフィスを目指しているので立ち止まらない。交差点を渡ってゆく人々を、交番の前から恵平は見送る。いつもの顔ぶれがいつものように出勤していくのを見るだけで、何もしていないのに誇らしい。

「ふぁ。おはよー。堀北……立番替わるよぅ」

山川《やまかわ》巡査が起きてきて、ドアの向こうでもぐもぐ言った。プクプクした体と丸顔が、バルーンアートのクマを思わせる先輩警察官である。交番のお巡りさんに憧《あこが》れて警察官になったので、東京駅おもて交番での勤務を心から愛していると言う。

「先輩おはようございます。じゃ、私はお米を研ごうかな」

「昨夜の残りがタッパーにあるよ」

山川は言いながら目ヤニを拭《ぬぐ》った。交番勤務は二十四時間体制なので、空いた時間に食事を取れるようキッチンの設備がついている。ごはんだけ炊いておき、各自適当に食べるのだ。

「あ、じゃあ、やめておきますね。早く炊きすぎても傷んじゃうから」

「夏だしねー」

今度は大口を開けてあくびした。

「先輩はお茶漬けにしますよね？　残りごはんで足りそうですか？」

山川は邪気のない顔で首を竦《すく》めた。

「足りた。ていうか、もう食べちゃった。堀北の分だけ残してあるから」

山川巡査と話すときには、実際はそうではないのに、ほっぺたにごはん粒がついていないか探してしまう。恵平は、苦笑交じりに持ち場を替わった。

冷蔵庫からごはんを出してレンジで温めている隙に、醬油《しょうゆ》とマヨネーズを小皿に差して魚肉ソーセージのケーシングを剝《む》く。あとは洞田《どうだ》巡査長御用達《ごようたし》の『きゅうりのキューちゃん』があればいい。マグカップにお茶を入れ、醬油マヨネーズつき魚肉ソーセージを齧《かじ》って白いごはんをわしわし食べる。

お茶を啜《すす》って一息つくと、しみじみと幸せを感じた。白いごはんは素晴らしい。日本人に生まれてホントによかった。ここにキャベツの千切りがあれば申し分ない朝食だ。咀嚼《そしゃく》しながらスマホの履歴を確認すると、平野からメッセージが入っていた。

——柏村肇《はじめ》の娘さんと連絡がついた　悪いけどピーチと取りに行ってくれ——

ピーチは鑑識の桃田の愛称だ。受信時刻は昨夜の十一時過ぎだが、その時間はパトロールに出ていたし、仮眠して、立番して、気付かなかった。

恵平はようやく遅い返事を出した。

――やっといま休憩で　返信遅れてすみません――

漬物を口に放り込み、味わいながら続きを打ち込む。

――わかりました　あと、おはようございます――

少し待ったが、既読サインはつかない。

平野はまだ寝ているか、出勤準備をしているのだろう。漬物が口にあるうちに白いごはんで追いかけながら、お茶漬けも食べたかったな、と考える。

メッセージにあった柏村肇はうら交番の柏村の息子で、現在高齢者施設で暮らしている。少し前に話をしたとき、柏村が警察官時代に記録していた資料が残されているかもしれないので、必要なら娘に探させようと言ってくれたのだ。

柏村肇は父親とその交番が二十一世紀の現在も都内のどこかに存在するという話を信じてくれた。平野は、その資料が見つかったので桃田と取りに行って欲しいと言ってきたのだ。行けば一年以内に死ぬと言われるうら交番へ行ってしまった恵平と平野は、ジンクスを覆す方法を探している。

生前、柏村は誰かを救いたいと言っていたようだが、それが誰で、その人物を救えたのかはわかっていない。残された資料を調べれば柏村が何を望んでいたかがわかり、その願いを叶えれば、結果としてジンクスを破れるかもしれないのだ。恵平が初めてうら交番へ迷い込んだのは昨年の秋だから、残された時間はあまりない。
朝食を終えて席を立ち、食器を洗って片付けた。デスクに戻って報告書をまとめているいると、今度は桃田からメッセージが来た。

——堀北おはよう　平野に聞いた？——

資料は、夫の死後に柏村の妻が暮らした群馬県前橋《まえばし》市の家にあるという。桃田とそこへ受け取りに行かなければならないのだ。

——おはようございます　はい　どうぞよろしくお願いします——

——オッケー　じゃ手配してから連絡するね——

やりとりはそれで終わった。
万事に抜かりのない桃田のことだ、あとは連絡を待てばいい。
柏村の資料には刑事時代に担当した未解決事件や、うら交番の日誌が含まれているはずだ。そこに亡くなった警視総監や自分や平野のことが書かれていたら……恵平は知らずに目をパチクリさせた。柏村とは何度も会っているというのに、未《いま》だ自分たちが昭和に迷い込んでいたことを信じ切れない。都市伝説の最中《さなか》に置かれた恐怖を信じたくないだけかもしれないけれど。

勤務を終えて本署を出た正午前。恵平は東京駅の地下街を歩いていた。

靴磨き職人のペイさんは、丸の内側に三つ並んだ出入り口のうち、北側コンコースを出た先に椅子と道具箱だけの店を出している。靴磨き一筋七十年のベテランで、駅が露店商売を認めた唯一の職人だ。アスファルトも焼け付く夏の日中は頭上に黒い傘を差し、お客さんにも日傘を渡してくれるのだが、ここ数年は照り返しの熱も強すぎて、午後はお客さんが来ないという。だから暑さのピークは店を閉じ、風が涼しい朝と夕方に店を出す。時間的にペイさんと会うのは諦《あきら》めて、恵平は呉服橋のガード下にある焼き鳥屋『ダミちゃん』を目指していた。

駅のコンコースを抜けるとき、人待ち顔で壁際に立つ中年男性の姿を見かけた。少し離れた場所でスマホを見ている若い男も、たぶん警察官だと恵平はわかった。彼らの仕事は街の随所に張り込んで、記憶した顔の人物を見つけることだ。

警察には指名手配犯を記憶して通行人を観察する専門部署がある。熟練した捜査員になれば、犯人が年を重ねていようと、変装していようと見逃すことはないという。これほど多くの人が歩いていても、また、すれ違うのが一瞬であっても犯人ならわかる。すごい技術だ。亡くなったご主人の後ろ姿は間違えないとメリーさんも言っていたけど、愛情と執念は似ているのかもしれないな、と考える。

仕事中の捜査員には気付かぬふりで、恵平は先を急いだ。魚肉ソーセージとキューちゃんで朝ご飯を食べたのに、すでにお腹がペコペコだ。冷房の効いた構内にいると、濃い味で熱いカツ丼が食べたくなる。

駅から外へ出た途端、真夏の熱波がムッと押し寄せ、チリチリと肌が焼ける気がした。日射しは強く、風はヒーターから吹き出してくるかのようだ。駅舎に沿って呉服橋へと向かう間も、ついつい日陰を選びたくなる。しばらく行くとアスファルトはピンコロ石の歩道に変わり、ガード下に飲食店が並ぶ場所に出る。カレー屋にラーメン屋、そして居酒屋。恵平の大好きな『ダミちゃん』もそこにあり、路肩に置いたビールケースを椅子にして、昼間から酒を売っている。

東京に来たばかりの頃は、こんな時間にお酒を飲む人がいるのだろうかと思ったけれど、人がたくさんいる都会では朝や昼間に仕事を終える人もいて、朝飲みや昼飲みの店が盛っている。そうでなくともキンキンに冷えたビールと焼き鳥の魔力は道行く人に作用する。暖簾《のれん》の前でビールケースの椅子に座って、焼き鳥片手に生ビールを楽しむ観光客のジョッキについた水滴を見るだけで、ビールが喉《のど》を通って胃に落ちる瞬間を想像してしまう。おつまみは香ばしく焼けたつくねと冷たいキュウリ、塩トマト、枝豆に、冷や奴……恵平は自分の頭をコツンと叩《たた》いた。

お昼を食べに来たんだからね、と自分自身に言い聞かせ、酔客の脇を通って暖簾をくぐった。

「へいらっしゃい！」

威勢のよいダミさんの声がする。

「こんにちはー。お昼ごはん食べにきたよ」

負けないくらい元気に言うと、ダミさんは微笑んで、カウンターの一番奥の席へ顎《あご》をしゃくった。

椅子を引いて座る間もなく冷えたおしぼりがやって来る。夜ならお通しも一緒に出てくるが、ごはんのお客にお通しはない。

「酒とお通しが一番儲《もう》かるんだけどなあ」と、ダミさんは意地悪に言う。

「ケッペーちゃんは夜勤明けかい？」

「うん。さっき終わって非番に入ったところなの」

ダミさんはカウンターに冷たい麦茶を置いた。店内はまださほど混んではいない。

恵平はおしぼりで手を拭《ふ》いてから、立ち上がって名刺入れを出した。長野のお祖母《ばあ》ちゃんがデパートで買って、送ってくれた名刺入れである。自分の名前が印刷された名刺を一枚、丁寧に出してダミさんに言った。

「おかげさまで正式に（お巡りさん）として配属されました」

『お巡りさん』の部分は口パクで言う。

ダミさんは首を伸ばして名刺を見ると、両手を洗って手ぬぐいで拭いた。

エッジで手が切れそうなピカピカの真新しい名刺である。年配だけど色男のダミさんは、ニヒルに笑って恵平の名刺を受け取った。警察学校でヘマをやらかしたとき、嘆願書に名前を連ねてくれた一人である。

「いいねえ。神棚に飾っておくよ」

しみじみと名刺を眺めてダミさんが言う。

目よりも高い位置までちょいと挙げ、本当に厨房《ちゆうぼう》奥の神棚に載せた。焼き鳥の仕込みをしていた店員が、「おめでとうございます」と頭を下げて、恵平はなんだか胸が熱くなる。嬉《うれ》しくて、照れくさくて、恥ずかしかった。椅子に座って麦茶を飲むと、

「何が食べたい？」

と、ダミさんが訊《き》いた。

「とにかくお腹がペコペコで、仕込み中の鶏串《とりくし》全部食べたいくらい」

「そりゃ大変だ。ケッペーちゃんが飢え死にしちまう」

ダミさんは冷蔵庫を開けて中をのぞくと、食材をいくつか重ねて出した。店内には

冷やし中華を食べている客もいれば、白いごはんと棒々鶏《バンバンジー》の人もいる。熱波に晒《さら》されてきたからか、カツ丼願望はなりを潜めて、無性に普通のごはんが食べたくなった。ダミさんはもう訊《たず》ねずに、まな板で梅をつぶしている。

恵平はカウンターに座って調理の様子を見るのが好きだ。誰かが自分のために料理する。実家にいたときは当たり前だったことの尊さを、都会に出てきて初めて知った。ダミさんの作業を見守りながら故郷の家族を思い出す。

キュウリを袋に入れて塩を振り、ダミさんはそれをすりこぎで叩いた。梅肉と合わせて小鉢に盛って、大葉の千切りとゴマを散らした。小さい鍋《なべ》で砂肝を炒《い》りつけ、大根おろしをのせてポン酢を垂らし、それを別の小鉢に盛った。千切りキャベツを添えた鶏つくねのカツ、白いごはんと冷や汁を恵平の前へ持って来た。

「はいよ、おまち」

「うわーぁ」

と、恵平は料理を拝んだ。キュウリの冷たさで小鉢に水滴がついている。冷や汁には氷が浮いて、ミョウガと白ごまが散っていた。

「これよ、これ！　こういうごはんが食べたかったの」

箸《はし》を手にして言うと、ダミさんは「そうかい？」と笑った。

「おれっちも、ケッペーちゃんに食べてもらいたかったよ」

「昼間はしばらく閉めてたし、ケッペーさんも、いなかったですしね」

串を刺しながら店員も言う。

「私もここへ来たかった。でも、学校が府中で遠くて」

「卒業できてよかったよかった」

そう言いながら、ダミさんは恵平が料理に箸をつけるのを待っている。

「いただきます」

と、頭を下げて、何から食べようか考える。

この一瞬が幸せだ。冷えたキュウリを先《ま》ずつまみ、パリパリと嚙《か》みながらご飯を食べた。梅の香が口いっぱいに広がって、胃の中がスッキリとする。きつね色の衣が立った鶏つくね、舌触りの甘い千切りキャベツ、夏の冷たいお味噌汁《みそしる》。食べることって大切だなあとしみじみ思う。

「美味《おい》しい……美味しすぎて泣きそうになる」

「ちょい大げさだよ」

とダミさんは言うが、本当に胸が詰まったのだ。

警察官は様々な人と触れ合う仕事だ。ほんのわずかな研修期間にも、恵平は異業種から転向してきた仲間たちや、様々な事情を抱えた街の人たちと知り合った。

残念ながら事件がらみで知った何人かの人は命を落とし、何人かは拘置所や刑務所に収監されて、そこのごはんを食べている。食べるなんて普通のことだと思っていたけど、ささやかで普通の幸せの、なんてありがたいことだろう。

「あー、砂肝サイコー。ポン酢が利いてる。丼一杯食べられる」

人生は一瞬の積み重ねでできている。おいしいごはんを食べる幸せを覚えておこうと恵平は思った。千切りキャベツの舌触り、タタキキュウリの塩梅《あんばい》と、冷や汁に浮かんだミョウガの風味を。

「ケッペーちゃんが食べるの、久しぶりに見たけどいいもんだなあ」

ダミさんが笑うので、恵平は口元を拭《ぬぐ》った。

「やだ、ごはん粒つけてた？」

「違うよ。おいしそうに食べてくれるから、こっちも作りがいがあるってもんだ」

暖簾の外から酔客が、焼き鳥とビールのおかわりを頼みに来た。

「あいよっ」

とダミさんは返事して、焼き台に串を並べる。

「夏でも食欲が衰えないのはいいことなんだぜ。我らのケッペーちゃんが夏バテしてちゃ、駅界隈《かいわい》が意気消沈しちまうし」

「私、そんな影響力ないよ」

「そうかい？　そんなこともないと思うぜ」

恵平はごはんをきれいに平らげて、会計してから店を出た。

日本橋まで歩いて徳兵衛さんにも名刺を渡し、東京駅へ戻ってペイさんのところへ行ってみたけれど、お店はまだ出ていなかった。地下街を歩きながら仲良しのホームレスのメリーさんを探したけれど、人混みが戻った往来に、丸くて小さいメリーさんを見つけることはできなかった。

目の前には、今日何度目かのレンガ駅舎が立っていた。

駅を出る人、向かう人、ただ通路を通る人、観光客に通勤者、夏でも身を寄せ合う恋人たち。人々と行き交いながら、恵平は考える。

私は一人前の警察官になったんだ。この人たちを守るのが私の仕事だ。

すると急に、自分が強くならなければならないような気がしてきた。

一日中街角に立って、いるかもしれない、いないかもしれない指名手配犯を捜している警察官のことを考えた。そんな仕事は税金の無駄遣いだと言う人がいるのも知っている。彼らがどれほど実績を上げているのか、その人たちは知らないのだ。事件が起きて、駆けつけて、カッコよく犯人を逮捕するのが警察官だと、多くの人は思っている。特に子供たちはそうだと思う。けれど捜査は地道で目立たず、気が遠くなるような努力の上に成り立っている。やっていることの本質は柏村の時代と変わっていない。柏村が最後に選んだお巡りさんという仕事は、交番にいて人々を迎え、道を教えたり、悩みを聞いたり、有事には真っ先に現場へ走る部署である。心に使命感がないのなら、どうしてそれができるだろうか。

恵平は立ち止まり、駅舎を見上げて心で祈った。

平野先輩を守って下さい。私のことも守って下さい。柏村さんが死神だなんて、今後は誰からも言われないように。

「がんばる」

恵平は自分に頷《うなず》いて、東京駅を出て行った。

その翌週の朝八時。恵平の休日と桃田の有休が重なった日に、はとバス乗り場近くの道沿いで、恵平は桃田を待っていた。柏村肇の娘のところへ資料を取りに行くのである。平野とも相談して、手土産は恵平が用意した。先方の好みがわからないものの、柏村肇が八十代後半であることから娘さんの年齢を類推し、年配の女性に喜んでもらえそうな品を探した。駒込中里《こまごめなかざと》の『揚最中《あげもなか》』である。油で香ばしく揚げた最中の皮は爽《さわ》やかな甘さの餡《あん》と相性抜群なので、きっと喜んでもらえるはずだ。

大切に菓子を抱いて立っていると、蒼《あお》い車が滑り込んで来て目の前に止まった。助手席側の窓が開き、赤いフレームのメガネをかけた桃田が運転席から顔を覗《のぞ》かせた。

「お待たせ」

桃田はドアのロックを外した。

「おはようございます。群馬まで車で行くんですか？」

恵平は助手席に乗り込んだ。

「資料の量にもよるけれど、運ぶのが大変そうだから交通機関を乗り継ぐよりは車のほうが楽だと思って」

「レンタカーを借りたんですね」

ボンネットに貼られたシールを見ながら、シートベルトを締めた。

「レンタル料は平野に請求するからね」

「私も半分払います」

するとニ桃田はニヤリと笑い、

「そう？　じゃ、そこの」

道路沿いのカフェへ顎《あご》をしゃくって、

「ハニーメープルシロップパンケーキとラテで手を打つよ」

平野にはダミちゃんで焼き鳥と酒を奢《おご》らせると言うので、本気で代金を請求する気はないのかもしれない。飄々《ひょうひょう》として捉《とら》えどころがなく、そのくせ神経質で、でもスマートな桃田はモテそうだ。カーナビにはすでに目的地が設定してあって、関越《かんえつ》自動車道経由で二時間程度の距離になっていた。菓子の箱を膝《ひざ》に載せ、恵平は前を向く。

「お土産に最中を買ってきました。メチャクチャおいしいやつですよ」

「おいしい最中はおいしいよね」

桃田は持論を展開する。

「柏村肇の娘さんは六十近いはずだから、和菓子のほうが好きかもね。ナイスチョイスだったと思うよ」

「私も和菓子好きですよ」

「そりゃ堀北は……逆に嫌いな食べ物ってあるの」

「言われてみれば、ないかもですけど……」

恵平はうら交番で柏村に『欠食児童』と呼ばれたことがある。

今どきは聞かない言葉だけれど、食糧事情が逼迫《ひっぱく》していた戦前戦後は学校へお弁当を持って来られない子供たちがいて、それが給食制度を普及させたと調べてわかった。あのときごちそうになった安倍川餅《あべかわもち》は絶品だったな。

柏村のことを思い出すと、ほうじ茶の香ばしさや、深い眼差《まなざ》しや、シャイな笑顔が頭に浮かんで、なにひとつ不吉なイメージなんかない。だからきっと、うら交番へ行った人たちが死んでしまったのは偶然なんだ。

車は群馬を目指して進む。桃田の運転はとても優雅で、複雑な道でも車線変更がスムーズだ。流れる景色に昭和の街を重ね合わせて、恵平は考える。私だけなら笑い飛ばせた。柏村さんの怖い噂を。けれど、平野先輩も一緒にうら交番へ行ってしまったから不安になる。矛盾していると思うけど、平野先輩のことは心配なのだ。

高速道路から見下ろす都内はコンクリートのジャングルだ。板塀に沿ってドブがあり、四角くて固そうな車が走り、道に電信柱が立ち並ぶ昭和の街が、かつては同じ場所に存在していたことが不思議でならない。犬の遠吠《とおぼ》え、ラジオの音、ラッパの音で客を集める豆腐売り、着流しの男性が下駄で散歩を楽しんだ頃。

「なに考えてるの？」

と、桃田が訊《き》いた。

「あ、すみません。景色を見ていて……」

百キロ近くで車を飛ばせる道路なんて、あの時代にはあったのかな。うら交番で六十代だった柏村の息子が八十八歳、その娘が今では六十近い歳だなんて、どちらの世界が現実なのか、よくわからなくなってくる。

「……なのに犯罪はなくならないんですよねえ」

呟《つぶや》くと、桃田はチラリと恵平を見た。

「景色と犯罪がどう関わるのかわからないけど、堀北が最中を愛していることだけはわかった」

「え、なんで？」

「ずーっと包みを抱えているから。後ろに置けばいいいんじゃないの」

笑われて初めて最中を抱きしめていたことに気がついた。恵平は包みを後ろの座席に置いた。

「心配な気持ちもわかるけど、噂でしかないものを、憶測で怖がっても仕方がないよ。こうやって、謎を解いていこうとしているんだし」

「はい。私自身は柏村さんを尊敬してるし、怖い人とは思えないから、それほど危機感を抱いているわけでもないっていうか……平野先輩のことだけなんです。噂が本当だったら厭《いや》だなって思うのは」

「まあ、平野も会ったって言うのなら、都内のどこかにうら交番は存在しているんだよね。不思議だとは思うけど、信じられないかと訊かれれば、わりとそうでもない感じかな。そういうこともありそうだもん、東京って街は」

「ですよねえ」

恵平は桃田のほうへ体を向けた。

「私もわりと受け入れています。死んだメリーさんのご主人が東京駅にいるって話も、ペイさんのところへ兵隊さんが靴を磨きに来るって話も」

「そうなんだ」

「たまにゲートルを巻いた人が靴磨き台に足を載せることがあって、そういうときは『お疲れさんだったよね』って、そういう気持ちで磨くんですって。そうすると、ペイさんが靴磨きを始めた頃の料金を……いくらって言ったかな？　五十円とか、三十円とか？　置いていくんだよねって」

「東京駅界隈《かいわい》は多いよね。そういう話」

優雅にハンドルを切りながら、桃田は前の車を追い越した。

「鉄道警察隊の奥村《おくむら》さんに聞いた話だけど、終電後なのに列車が入って来たことがあるんだってさ」

「なんですか、それ」

終電が出てから始発が動き出すまでの短い時間、東京駅の構内では眠らない人たちが仕事をする。ダイヤ改正後の時刻表の書き換えや、プラットホームのサインの付け替え、各種整備や設備工事など、昇降客がいるときにはできない作業が行われるのだ。

見習い警察官だった頃、恵平も一度だけ薄暗い構内に入ったことがある。日中の喧《けん》騒《そう》を知っているから余計に、寂寥《せきりよう》感が胸に迫った。ガランとして薄暗い構内は、もういない人たちの気配がしていた。

怪談効果を狙ってか、桃田は少しだけ声をひそめた。

「一度、工事関係者が入っているとき奥村さんがパトロールしていたことがあって、それが午前三時ころ。もちろん列車は走っていない。それなのに、ボーッと汽笛の音がして、プラットホームに列車が入ってきたんだって」

恵平は静かに耳を傾けた。なぜなのか、そのときの様子が瞼《まぶた》に浮かぶ。列車が呼ぶ風、プラットホームに響き渡る汽車の音。

「真っ暗だった線路に列車のライトが近づいて来て、テスト走行かなと一瞬だけ思ったけれど、今の列車とはライトの位置が違うから不思議に思って見ていると、何かが目の前で停車した」

「なにかって？」

「奥村さんには本体が見えなかったらしい。ライトの光と、あとは走行してくる車両の音、停車時のブレーキ音、そして独特なあの匂い」

列車の匂いのことだろう。焼けたレールと車両の吐息、停車時の熱い空気と、足下から吹き上げてくる風。ガシュウーッ、という音が聞こえた気がした。

「ドアが開いてたくさんの人が降りてくる。どの人も無言だったけど、みんな大きな荷物を背負って、手にも包みを提げているのがわかったってさ」

「買い出し列車っていうやつでしょうか。戦後に立った闇市の」

「奥村さんもそう言ってたよ。青空市場とか自由市場といって、軍事物資の横領品や横流し品、農村から売りに来るものとかさ、東京では何でも手に入ったらしいから。奥村さんは気配に飲まれて呆然《ぼうぜん》としてしまって、一瞬、夢を見たのかなと思ったんだって。そうしたら工事関係者がやってきて、『あれ、いま電車が来てましたよね。始発まで来ないと聞いていたのに』そのとき初めてゾッとしたって」

恵平は痛ましそうに眉尻《まゆじり》を下げた。

「戦争が終わって随分経つのに、その人たちはまだ時間のループから抜け出せないでいるんでしょうか」

「うーん……どうかな、幽霊ってわけでもないのかも。堀北はそう思わない？」

「幽霊でないなら、なんなんですか？」

「ぼく的には記憶じゃないかと思うんだけどな」

恵平は首を傾げた。

「記憶ですか？　え、東京駅の？　それとも人の」

「場所に染みついたシーンというか、そういうの」

理解できたとは言えないけれど、恵平は考えて、言った。

「ちょっとわかる気はします。メリーさんのご主人なんかは特に」

ホームレスのメリーさんは、若くして亡くなったご主人の面影を探し続けて駅にいる。まだ八重洲《やえす》口にデパートが建っていた昔、メリーさんはそこの時計店で結婚指輪を買ってもらった。メリーさんが夜を過ごすY口《ぐち》26番通路あたりが時計店のあった場所で、彼女は若い姿のままのご主人を何度か見かけているという。老舗餅店《しにせもち》の女将《おかみ》の座を退いた今、メリーさんは口に出せなかった想いを胸に抱き、束の間幸せだった頃の記憶に浸って暮らしているのだ。

「でも、それとうら交番とは違います。柏村さんは実体のある人間で、ほうじ茶だって淹《い》れてくれるし、安倍川餅《あべかわもち》をごちそうになったことだって」

「そうだよね」

と、桃田は言った。

「とすればやっぱりタイムスリップなんだよな」

サービスエリアの標識が見えて、「寄っていく?」と、桃田は訊いた。

「大丈夫? トイレとか」

「大丈夫です」

と、恵平は答える。

時間は刻一刻と過ぎていく。柏村の資料を早く見たくて気が急《せ》いている。秘密を突き止め、うら交番に呼ばれる理由を早く知りたい。

恵平の気持ちを察してか、桃田は車を先へ進めた。


群馬県前橋市。

かかあ天下と空っ風が有名だというその街で、柏村肇の娘が住む家は、防風林に囲まれて畑の中に立っていた。緑の壁と見紛《みまが》う生け垣は敷地の出入り口だけがアーチ型に刈り込んである。このあたりでは屋根瓦《やねがわら》を飛ばされないように母屋ほども高い生け垣を作ることがあるらしい。

「すごいですね。こんな生け垣、初めて見ました」

車の中から壁を見上げて恵平が言う。

「カシグネと呼ぶみたいだよ。樫《かし》の木で作った風除《かざよ》けだよね」

車ごと緑の門をくぐって母屋の前に停車した。

生け垣には驚かされたが、家自体は信州《しんしゅう》でもよく見る農家であった。車を降りるとドアの閉まる音に気がついて、小柄な女性が玄関のガラリ戸を開けて現れた。半袖《はんそで》Tシャツにズボンを穿《は》いて、水色のエプロンを着けている。パーマのかかった白髪に丸いメガネは、子供の頃に大好きだった絵本のおばさんを思わせた。

「こんにちは」

最中《もなか》の包みを抱いて恵平が言うと、女性は笑顔で会釈した。

「初めまして。丸の内西署の桃田です」

助手席側に回り込んでから、桃田はきりりとお辞儀した。

スマートに名刺を出したので、

「同じく丸の内西署の堀北です」

恵平も自分の名刺を出した。見知らぬ相手にもらってもらう初めての名刺だ。つい鼻の下が伸びそうになって、恵平はそっと唇を噛《か》んだ。

「柏村肇の娘です。暑いなか、遠いところをようこそおいでくださいました」

二人から名刺を受け取ると、女性は深くお辞儀をした。

「さあどうぞ。散らかっていますけど」

玄関に入って招くので、恵平と桃田は恐縮しながら家へ入った。

田舎家ならではの広い玄関は、上《あ》がり框《がまち》に立派な衝立《ついたて》が置かれている。外の日射しから逃れただけで、ひんやりとしてほっとする。

「お上がりください。父に頼まれた物は座敷のほうに用意していますので」

家人は出払っているのか、他に人の気配はない。

「主人と息子夫婦は畑へ行っているんです」

恵平の気持ちを察したかのように女性が言った。お邪魔しますと頭を下げて、恵平たちは框に上がった。


庭が見える座敷へ通されて、冷たいお茶をごちそうになる。漬物や甘煮や菓子など、それぞれを小皿によそって並べて出すのは、恵平の故郷あたりでもやる歓待のならわしだ。手土産の最中を差し出すと、女性は恐縮しながらも受け取ってくれた。分厚い客用座布団に座らせてもらい、遠慮なく漬物や菓子を頂く。

「父から話を聞いたときは、もう、ほんとうに驚きました」

と、女性が言う。床の間を隠さぬように恵平たちの斜め向かいに座っている。

「昔の世界へ行って祖父とお会いになったというのは本当ですか」

桃田はうら交番を知らないので、恵平が答えた。

「はい。柏村さんとは何度か会っているんです」

「昭和の交番で？」

「そうです」

恵平は頷《うなず》いた。おかしな話だと思うけれども、柏村肇は信じてくれた。警視庁で囁《ささや》かれるうら交番の噂を知って、ずっと気にかかっていたという。

女性はエプロンを弄《もてあそ》びながら床の間のほうへ目を向けた。

「父は興奮してました。感染症騒ぎもあったりで、すっかり生きる希望を失っていたみたいだったんですけど、なんだか急に元気になって、謎が解けるまでは死ねないなんて……」

そして恵平に微笑んだ。父親のことが大好きなんだな、と思う。

「いつ頃でしたか、亡くなられた警視総監さんから、祖父の交番へ行ったという話を聞かされた時には、父も私たちも半信半疑だったのですが、でも父は本人なりに気にかかっていたようで……だから私たちは、父が、なんといいますか、急に若やいだことが嬉《うれ》しくて。その……」

女性は少し前のめりになり、テーブルに手を置いて恵平に訊《き》いた。

「本当にそれは祖父なんでしょうか」

どう答えたらいいものか、恵平は少し考えてから、

「そのお巡りさんは、東京駅うら交番の柏村敏夫巡査です――」

と、答えた。

「――柏村さんと会ったとき、私はまだ研修中で東京駅おもて交番にいたんですけど、土地勘がないので東京駅が迷路みたいに思えてしまって」

「わかります。私も独りじゃ行けないわ。どこへ行ったらどこへ出るのか、さっぱりですもの」

「そうですよねえ」

恵平が力強く同意するので、桃田は苦笑いした。

「それで、空いた時間に駅やその周辺を散策していたんです。そうしたら、ものすごーく古い地下道を見つけて」

「都内は工事が進んで改善されてきていますけど、手つかずの場所も、まだけっこうあるんですよ」

　桃田が脇から補足する。

「そうなんです。『昔』を切り抜いてポンと現代に置いたみたいな地下道で、若い女性が通るときには危険だなって思って入ったら……」

　古い交番へ出たんです。と、恵平は言った。

「先《ま》ず、空気が全然違っていました。東京の換気扇臭い空気と違って……こんなこと言ってもわかりませんよね？　すみません」

　彼女は微笑みながら頷いた。

「今と昔の空気の違いはわかるような気がします。父が弁護士をしていた頃は、私もあちらの下町で育ちましたから。当時は夕焼けが真っ赤だったし、お寺の鐘も聞こえました。懐かしいわ」

　昭和の時代はさほど遠くないのだと、恵平は感じて不思議な気がした。

「それで地上に出てみたら、高架下に食い込むように小さい交番があったんです。お隣は『みんなのラジヲ』という店で、交番の軒下に丸くて赤い電球があって、壁が煉《れん》瓦《が》ふうタイルで、腰から下が石造り。交番としては、昔はポピュラーな仕様だったそうですが、窓なんか洋風で可愛いんです。それで、たまたま拾った風呂敷包《ふろしきづつ》みを届けにいったら柏村さんがいて……柏村さんは柏村肇さんにそっくりで、でもまだ六十代くらいです。交番の中も可愛くて、ちぐはぐな椅子が置いてあって、柏村さんはたいてい何かを調べています。会うたびにおいしいほうじ茶を」

「父に聞きました。人形町《にんぎょうちょう》のほうじ茶ですね。祖母の代からずっとそこのほうじ茶で、今も仏壇に供えるのはそのお茶なんです」

「あれ、すごくおいしいですよね。それをブリキの急須《きゅうす》で淹《い》れるんです」

女性は恵平に微笑んだ。

「ほんとうに見てきたように話すのね……あなたのようにお若い方が、ブリキの急須や赤い電球を知っていることに驚きますけど、確かに昔の交番は、軒下に丸くて赤い電球があったわね。不思議だわ」

「お祖父《じい》様のことはなにかご存じなんですか？」

桃田が脇からそう訊いた。

扇風機がブンブン回って、庭に咲くムクゲの花が日射しに白く霞《かす》んでいて、軒下に吊《つる》された風鈴が、チリーンと涼しげな音を出す。女性は首を左右に振った。

「祖父は私が生まれる前に亡くなったので、警官だったことぐらいしか知りません。

祖母もあまり話しませんでしたし、父も寡黙なほうですし」

　女性は立ち上がり、座敷の隅から段ボール箱を持って来て、ドンと恵平たちの前に置いた。膨大な資料を予測していたけれど、ミカン箱一つ程度の量だった。

「祖父が残した資料です」

　恵平たちは座布団を降りて箱に近づき、中を見た。

　変色して小口がめくれた大学ノートが十数冊、年代ごとに紐《ひも》で括《くく》った捜査手帳とスクラップブック、紙の束、菓子の空き箱などが入っている。

「祖母が部屋の押し入れに大切にしまっていたものです。いつか処分しようと思ってそのままに……中身は改めていませんが、祖父の書類関係はこれで全てと思います」

　そう言うと、わざと段ボール箱の蓋《ふた》を閉ざして恵平たちの注意を引いた。箱にはしとやかな文字で『敏夫警察関係書類』とマジック書きしてある。女性が再び箱を開けたとき、「よろしいですか」と訊いてから、恵平は大学ノートを一冊手に取った。

　ああ、これだ。そう思って興奮した。

　黄ばんだ灰色の表紙には数字だけが書かれている。背の部分に貼られた濃い色のテープ。そうよ、これ、と胸が鳴る。柏村はいつも交番でノートに何かを書き付けていた。何が書かれているのか興味があった。盗み見しようとしたこともあるけれど、警察官がそれをするのはまずいと思って踏みとどまった。それが今、手の中にある。もしもあのとき、内緒で中を見たならば、再びノートを手にすることはなかったのかもしれないと、なんとなく、そんなふうに思えるのだった。

「中を見せていただいても？」

「ええどうぞ。父もお持ちいただくよう言っておりましたので」

「いつまでお借りしてよろしいですか？」

桃田が訊くと、彼女は言った。

「いいえ。お返しいただく必要はありません。祖母も他界して、伯母《おば》たちももういませんん。家に置いてもそのうちゴミに出すくらいのもので、父もお役に立てるなら嬉しいそうです」

恵平と桃田は顔を見合わせ、その場でノートを改めることはしなかった。箱に戻して蓋をして、同時に深く頭を下げた。

「では、お預かりします」

「何かわかったら報告します。もちろん肇さんにも」

と、桃田が言う。

「実は……父ですが……前立腺《ぜんりつせん》の癌なんです」

女性は寂しそうに目を細めた。

「歳で進行が遅いので、まだ半年くらいは生きられるんじゃないかと、お医者さんは仰《おっしゃ》っています。でも最後にこんな奇跡が起きて、父がまた生き甲斐《がい》を見つけるなんて、思いも寄らないことだったので、私のほうこそ感謝しています」

余命半年。と、恵平は心の中で呟《つぶや》いた。

そこへ行った者は一年以内に命を落とすといううら交番の怖い噂が本当ならば、自分のほうが先に逝く。余命は三ヶ月程度というところだろう。でも三ヶ月あるのなら、柏村肇になにか、父親の生き様を伝えることができるのではなかろうか。

「じゃあ私、なるべく頻繁にお手紙を書きます。肇さんのところへ」

「いえ、そんな……ご無理なさらなくていいですよ。警察のお仕事は大変でしょうし」

「大変じゃない仕事なんてありませんから」

と、桃田が言って、

「そうですよ。お互い様です」

恵平も微笑んだ。

「ありがとうございます」

女性は目尻《めじり》に皺《しわ》を寄せて笑った。

深く礼を言い、出されたものを平らげてから、箱を抱えて家を出た。

段ボール箱を後部座席に置いて車を出すとき、彼女は玄関で見送ってくれた。窓を開け、何度も頭を下げて道へ出る。田舎道を戻るときも、恵平はまだ興奮していた。

「すごい。ついに柏村さんの謎に手が届きましたね」

「平野にメールしておいて」

と、ハンドルを握って桃田が言う。恵平はすぐさま平野にメッセージを送った。

――恵平です　無事に柏村さんの資料を受け取りました　大学ノートもありました　あとスクラップブックや捜査手帳も――

「送りました」

報告すると、

「緑色の甘いお菓子がおいしかったね」

と、桃田は言った。柏村肇の娘さんが並べてくれたあれこれのうち、ガラスの小鉢に入った翡翠《ひすい》色の菓子のことだ。

「あれって里蕗《さとぶき》のコンポートですよ。夏に冷やして食べるとおいしいですよね」

「なに？　サトブキって」

「知らないんですか、蕗ですよ。コロボックルがカサにするやつ」

「さすがに蕗は知ってるよ。でも、あんなふうに食べるのは」

　恵平は得意げに鼻をヒクヒクさせた。

「アンゼリカって、ケーキに飾る蕗の砂糖漬けがあるじゃないですか？　乾燥前の蜜煮にした状態というか。私も久しぶりに食べました。郷里でも作る人はあまりいなくて、うちのお祖母ちゃんは作るけど」

「ほんとうに蕗だったのか……堀北も作れるの？」

「無理です」

　恵平は即答した。

「あんなふうに透明できれいな色にするのは手間がかかって難しいんです。春先に作って、夏くらいまで冷蔵庫にあって、お客さんに出すと喜ばれるけど、私はあまり好きじゃなかった。蕗なんてそこら中に生えていて、ありがたいと思ったことないし……でも、今食べたら懐かしくておいしかったです。ピーチ先輩は甘い物好きだから余計ハートに響いたのかも」

「たしかに響いたよ。まさか蕗とは思わなかったし、すごく豊かな気分になるね」

「そうですか？　山に生えてる草ですよ」

　桃田は白い歯を見せて笑った。

「野山のものをあんなお菓子にしてしまうところがロマンなんだよ」

「あー。まあ、都会の人はそうなんでしょうか。木の実や花や山菜や、山にはけっこう食べられるものが生えてるし、たまに失敗もありますけど……ヤマナシなんかはものすごくいい匂いがするけど、齧《かじ》ると渋くてペッペッてなるし」

「野生児か」

と、桃田は笑った。

車で緑の濃い場所を走っていると信州の田舎を思い出す。初夏には山全体がカナカナと鳴くのだ。子供の頃は山や森の声だと信じていたが、それはエゾハルゼミの鳴き声だった。山の音色は季節で変わる。真夏にはけたたましいほど蟬が鳴き、夕暮れにヒグラシの唄《うた》が聞こえると、秋が来るんだなと感じて寂しくなった。豊満に揺れる夏の森、日射しが赤みを帯びる秋、葉が落ちて、森に斜めの陽が射して、枝を透かしてうろこ雲が見え、空気が冷えて冬が来る。

「ホームシックになっちゃった？」

と、桃田が訊《き》いた。

「少しだけ。……私、実家よりも東京駅が断然好きだと思っていたけど、西山《にしやま》の自然も大好きだったと実感しました。なんて言うか、故郷は当然そこにあると信じているから、離れた場所でも安心して生活できるのかもしれないですね。そんなふうに考えたことはなかったけれど……」

恵平は後部座席の段ボール箱に目をやった。うら交番の謎を解けずに自分が死んだら、お母さんもお父さんも、お祖母《ばあ》ちゃんも泣くだろう。そして自分に恵平という名をくれた祖父のことを考えた。この前うら交番へ行ったとき、自分と同年代の祖父と出会った。正体を隠して恵平という名の由来について訊《たず》ねると、自らを律して他者への思い遣《や》りを持つ、そういう特質が大切だと思って名付けたのではないかと答えてくれた。あのとき、私はあなたの孫ですと告白したら、お祖父ちゃんはどうしただろう。え、じゃあぼくは将来結婚できるってことですか？　そんなふうに訊いただろうか。

恵平は微笑んで、「うん。そうしよう」と呟いた。

「何をするの」

「次の休みに長野へ帰ってこようと思って」

「やっぱり里心がついたんだね」

「柏村さんのお孫さんに会ったら、私に名前をくれたお祖父ちゃんのこと、もっと知りたくなったんです。彼女も言ってたじゃないですか。祖父については何も知らない。祖母も話してくれなかったし、って。それって寂しいなって思って。お祖母ちゃんが元気なうちに、お祖父ちゃんのことを聞いておかなきゃいけないなって」

赤信号で車を止めると、桃田は恵平を見て言った。

「思い立ったが吉日って言うからね、行ってくるといい」

「はい。あ」

バイブを感じてスマホを見ると、平野から返信が入っていた。

——お疲れ　戻ったら三人で手分けして　端から端まで確認するぞ——

「平野先輩からです。戻ったら三人で手分けして確認しようって」

「ぼくも頭数に入っているんだ」

桃田は苦笑し、

「手伝い料は高いと返信しといて」

と、言った。行きも帰りも運転してくれている桃田の脇で、恵平は文字を打つ。

——柏村肇さんは余命わずかということでした　今はお父さんの謎を解くのが生き甲斐《がい》になっているようです　あと　ピーチ先輩の手伝い料は高いそうです——

「返信しました。チョコ味のカップ焼きそばで手を打って欲しいと言ってます」

——了解　チョコレート味のカップ焼きそば買っておくわ——

「あれはバレンタイン限定商品だからもう売っていないよ。秋頃にアップルパイ味が出そうだけど」

　まんざらでもなさそうなので笑ってしまった。

　いつだったか、桃田先輩は破壊力抜群のショートケーキ味焼きそばをもくもくと食べていた。私は匂いだけで脳が誤作動を起こしそうだったけど。

　クーラーが効いて快適な車の中から外を眺めると、炎天の景色が埃《ほこり》っぽかった。車道に逃げ水が揺らめいて、葉先がカラカラに干からびてしまった木々もある。かき氷の幟《のぼり》や風鈴の音で癒《い》やされた昭和の夏が羨《うらや》ましい。

　入道雲に向かって走りながら、恵平と桃田は東京を目指した。


　持ち帰った柏村の資料は、平野の言うとおりに三等分して調べることになった。

　恵平が大学ノートを、平野が捜査手帳の束を、スクラップブックほか箱に残ったその他すべてを桃田が担当することにした。探すべきは柏村が救いたかった誰かとその理由、そして警察官が現代から過去へ呼ばれるわけだ。

　前橋から帰った日の夜に、恵平は自分の部屋で柏村の大学ノートをテーブルに載せ、合掌して柏村の冥福《めいふく》を祈った。とても不思議な気分であった。恵平のなかの柏村は、

う ら交番へ行けさえすれば会える相手だ。一方、柏村家では柏村もその妻も肇以外の実子もすでに鬼籍に入っている。息子の肇は柏村よりも年老いて、孫娘が柏村と近い年齢になっていた。

「はあ……」

静かに溜息《ためいき》を吐いてから、恵平はノートを調べた。

大学ノートは表紙に番号が振られているが、1番のノートはない。番号無表記のものが一冊あって、たぶんそれが始まりだろう。恵平は無表記のノートを開いた。

——昭和三十二年十月二十九日

ときわ橋高架下東京駅うら交番勤務初日。近隣を回って着任の挨拶《あいさつ》をする。通り向かいはラジヲ店。老齢の店主、妻は他界、息子夫婦と孫三人……——

などと書かれている。署へ提出する日報とは別につけていた日誌のようだ。

恵平は番号が最後のノートを開いた。

——昭和三十五年八月十二日——

日付だけあって、本文が書かれていないことにゾッとした。

そのページだけエンピツが擦れて黒ずんで、濡《ぬ》れたように紙が歪《ゆが》んでいる。柏村の奥さんが何度もこのページを開いて泣いたのだろうか。柏村はこの日殉職したのだ。

ノートに手を載せたまま、恵平はうら交番と柏村のことを考えた。会っている限りは大先輩のお巡りさんだ。なのに、こうして古い記録を目の当たりにすると、意識の外に置いていた不思議を突きつけられた気がしてくる。柏村は何なのか、桃田が言うように街の記憶か、それともあれは現実か。

胸元に手を突っ込んで、いつも下げているお守り袋を引き出した。初めてうら交番へ行ったとき、届けた拾得物のお礼に落とし主がくれた品である。拾った風呂敷《ふろしき》に包まれていたのは銭湯のセットで、石鹸《せっけん》箱に結婚指輪が入っていた。落とし主はメリーさん。お守りは、まだお嫁に来たばかりのメリーさんが恵平にくれたものである。

メリーさんは銭湯の帰り道で風呂敷包みをひったくられた。財布は戻って来なかったけれど、結婚指輪は無事だった。最初のご主人が買ってくれた大切な指輪は、今も左手の薬指にはめられている。

自分と平野が過去と現在を行き来するわけを本当に知りたいのかと、恵平は自分自身に問うた。曖昧《あいまい》に過ぎ去れば夢幻と笑い飛ばせるかもしれない出来事を深掘りしたとき現れるかもしれない真実を、受け止める覚悟があるのかと。

目を閉じて、今は亡き祖父の言葉を思い出す。

人とは魂で接しなさい。それで躓《つまず》いたとしても恥じないことだ。

若き日の祖父はひょろひょろとした青年で、けれど真っ直ぐな目をしていた。

その姿は記憶の祖父とは違いすぎ、誰にだって若い頃があったのだという当たり前のことを、より不思議に思わせた。それでも柏村の息子が柏村の歳を超し、柏村の孫が柏村の歳近くになっているのを見れば、ときわ橋の近くにうら交番があった時代に招かれた事実を信じないわけにはいかない。招かれた者がみな死んでいるという現実も、受け入れなければならないだろう。

「……平野先輩」

と、恵平は口に出して呟《つぶや》いた。

たとえそれが現実でも、彼が死ぬなんて絶対ダメだ。私が古い交番の話をしたから、先輩を巻き込んでしまったのだ。平野先輩に対して責任があるんだ。

恵平は「うん」と頷《うなず》いて、大学ノートを一冊目から読み出した。

第二章　東京駅おもて交番まえ 通り魔事件

数日後の早朝。

交番勤務の前に丸の内西署へ出勤すると、前日からの当番勤務を終えた平野と桃田が喫茶コーナーで待っていた。二人とも柏村の資料を持ち歩き、空き時間を見つけて調べを進めてくれている。

「実は、ぼくが持ち帰った分に妙なものが入っていてさ」

自販機で甘い飲み物を選びながら桃田が言った。

「なんだよ、妙なものって」

徹夜明けの平野は不機嫌だ。両脚をだらしなく広げてベンチに座り、ブラックコーヒー片手にネクタイをゆるめている。寝ずに柏村の捜査手帳を読んでいたのか、普段に勝る仏頂面だ。

「平野は顔を洗ってくれば？」

と、振り返って桃田は言った。

「コーヒー飲んだらシャワーを浴びる」

「ぼくが持ち帰った分に菓子箱があったよね？　柏村という人か、その奥さんが、ハガキや書簡をまとめて入れてたようだけど、その中に無記名の茶封筒があってさ、厳重に包まれていたんだよ」

「私も発見がありました」

恵平は片手を挙げて、

「でもどうぞ、ピーチ先輩から」

と、その手を桃田のほうへ振る。

桃田は冷たい抹茶ラテを取り出し口から出しながら、

「職業柄、厳重に保管された物には無条件に反応してしまう。それで、手袋をして、中を見たんだ。そうしたら」

案の定。と、桃田は目を細めて恵平たちを順繰りに見た。

「茶封筒の中に、油紙で包んだ毛髪と爪が入っていたんだ」

「げ」

平野は眉根《まゆね》を寄せて桃田を見上げた。

「夜勤明けから毛髪と爪かよ？　勘弁だな」

と目を擦《こす》り、「メモとかは？」と、桃田に訊《き》いた。

「一切なし。でも、おかしいと思わない？　明らかに保存してあったわけだから」

「事件の証拠品でしょうか」

「んなわけあるか。証拠品なら本部に提出してるだろ」

「それはぼくも考えた。提出し忘れたなら大事に取っておかずに処分したと思うし
……だからこう考えたんだ。柏村という人がなにかの理由で、個人的に保存していた
証拠じゃないかと」

「昭和の刑事が個人的に証拠品を収集して、それが事件解決に結びつくか？」

平野は唇を尖《とが》らせて、眉間《みけん》に縦皺《たてじわ》を刻んでいる。

「いちおうDNA鑑定を依頼しておいた」

「マジかよ」

桃田は平野に小首を傾げ、得意げにメガネフレームを押し上げた。

「鑑定したら何がわかるんですか？」

「それはやってみないと」

「もしもピーチ先輩の言うように証拠品だったら、平野先輩が持っていった捜査手帳

に詳細が書かれているかもしれないですね。毛髪や爪のこと、あと、関係する事件についても」

「捜査手帳だからな、事件のことはビッチリぎっちり書いてあるけど、書かれ過ぎて何が何だか……地取り鑑取り特命裏取り、昭和も今も、やってることはまったく同じじゃねえかと思うと、感慨深いわ切なくなるわ」

「二十一世紀の刑事警察といっても、中にいるのは人間だからね」

桃田が笑う。

「そこな。結局事件を起こすのも、調べるのも、裁くのも人間なんだよ。ま、毛髪や爪について書かれているか、気をつけて見てみるけどさ」

平野は「ふわぁ」とあくびをした。

コーヒーを飲み、「ケッペーの発見は？」と、訊いてくる。

恵平は真新しいメモ帳を取り出した。柏村についてまとめたことを記すために購入したものだ。

「大学ノートは最初の一冊から順番に読み始めているので、めぼしい記載はまだないんですけど、いちおう最後のノートだけ、すぐに開いてみたんです。そうしたら、昭和三十五年八月十二日の日付でストップしてました」

「柏村さんが殉職した日か」

「はい。あと、私が前回うら交番へ行った昭和三十四年五月のノートを調べたら、なんと、私のことが書かれていました。これってすごくないですか？」

もっと興奮してくれてもいいのに、平野も桃田も複雑な表情をしただけだった。

恵平は続ける。

「ノートには『堀北清司《せいじ》くん』、これがたぶん私のお祖父《じい》ちゃんなんですけど、『堀北清司くんに日雇いの仕事を紹介すること』ってあって、他に、おでん屋さんで起きたケンカのことと、あと、私の名前は箇条書きの中に」

「なんて？」

平野に訊かれてメモを読む。

「帝銀《ていぎん》事件の話をする、堀北恵平という娘、不明な年号の警察手帳を所持、写真は本人。あとアンダーライン付きで『微細な証拠から個人を特定する技術アリ』って」

平野と桃田は顔を見合わせ、「どういう意味だよ」と、平野が訊いた。

「あのときは、お祖父ちゃんが交番を出ていった後に柏村さんが帝銀事件について話してくれたんです。犯人は赤痢の蔓延《まんえん》を利用して、被害者たちに予防薬と偽った毒を飲ませたって。犯行時、実在する医学博士の名刺を現場に残したので、捜査陣は百枚の名刺の行方をしらみつぶしに捜して」

「受け取ったはずの名刺を所持していなかった人物が被疑者として逮捕されたんだったね。ただし帝銀事件には根強い冤罪《えんざい》説もある」

「そうです。被疑者は詐欺の前科があったけど、毒物の扱いに長《た》けていたわけではなく、二液性の毒を巧みに操った実行犯とは乖離《かいり》しているという説があるそうで。そんなこんなで柏村さんと冤罪の話をしているときに、二十一世紀では刑事警察の鑑定技術が格段に進歩したから冤罪を……起こす確率が……」

恵平は、「あっ」と、呟《つぶや》いた。

そしてその時のことを思い出そうと、唇を押さえて考えた。

——警察官も人間だ。初めからひとつの方向へ舵《かじ》を切ってしまうと、考えを修正するのは難しい。警察官が間違えば冤罪を生む。推理は証拠を元にするべきだ。考えるのではなく導き出すのだ——

あのとき、古い交番で柏村は言った。

冤罪は予期せず生まれるものだから、疑えと。そして、帝銀事件から六年後に寒村で起きたそっくりの事件について話してくれた。

そのあと、ついに自分は訊いた。

──ここへ来るたび、柏村さんが熱心に何か調べているのを拝見してました。もしかして、私にも何か、お手伝いできることがあるのでしょうか──

柏村のほうでも自分たちのことを調べていた。丸の内西署に平野という名の刑事はおらず、東京駅の交番にも婦警はいないと言った。きみたちはどこの誰かと。

──私たちは二十一世紀の警察官です。どうしてここへ来てしまうのか、どんな理由でここへ来るのか、わからないので調べています。柏村さんの時代に起きた事件と同じような事件は、残念ながら私たちの時代でも起こっています。ただ、捜査技術が格段に進歩したので、犯人を特定するのも、犯罪の経緯を追うのも、もっと容易になっているんです──

そして柏村に説明したのだ。

二十一世紀には、微細な証拠から個人を特定できる技術があると。

──血液、毛髪、唾液《だえき》、体液、汗や爪からも個人を特定できるんです。誤認逮捕は技術の進歩で大分減ったと思います。現代の技術で過去の冤罪が晴れた事例も……この時代には特定が難しかった犯人も、今の技術なら解明できると思います──

そうだ。私は確かにそう告げた。

「まさか……だから毛髪と爪？」

恵平は、目をキラキラさせて桃田を見つめた。

「あのとき私、血液、毛髪、唾液、体液、汗や爪からも個人を特定できる技術があるって、柏村さんに言いました」

「あ？　ちょっと待て」

と、平野はベンチに前のめりになった。

「つまりなにか？　毛髪と爪は、柏村さんが敢《あ》えて残したって言いたいのか」

「飛躍しすぎでしょうか」

「六十年も経ってんだぞ？　残して未来へ引き継いだって確証はないだろう」

「そうかな、平野。そうとも言えないんじゃないのかな」

顎《あご》に手を当てて考えをまとめながら桃田は言った。

「堀北はその人に二十一世紀の話をした。もしも彼が堀北を信じたら……」

「おかしいだろう。直接ケッペーに託したならともかく、菓子の空き箱に証拠を入れて、偶然誰かの目にとまるのを待ったってか？」

「誰かじゃないさ」

と、桃田は平野を見下ろして言った。

「平野と堀北が見つける前提だ」

「はあ？」

平野は眉間《みけん》に縦皺《たてじわ》を刻み、「わけわかんねえ」と、吐き捨てた。

「俺たちが見つけるって、どうして柏村さんにわかるんだよ」

「でも、本当に柏村さんがそのつもりだったとしたら、どうですか？」

と、恵平も言う。

「柏村さんは殉職するのを知らなかったわけだから、証拠品を残す準備をしている最中に亡くなったんじゃないでしょうか。本当は、毛髪や爪と一緒に指示書というか、私たちへのメッセージか、もしくは捜査の内容をまとめて残しておくつもりだったのに、それができなかったとか」

「あー……まあ、それはな」

と、平野も言った。首を左に傾けて、ガシガシと頭を掻《か》いている。眉間に縦皺を刻んでいるから柏村について考えているのだ。

「たしかに柏村さんなら……あの人がケッペーの言葉を信じたとすれば……そして、もしも何かの事件を単独で追っていたのなら……」

平野はさらに難しい顔をした。

「……ていうか、二十一世紀まで引きずる事件なんてあるか？」

「あるかもしれないじゃないですか。冤罪でその後の人生が変わってしまったご家族とか。被疑者本人でなくても、奥さんや子供を柏村さんが知っていて、その人たちの将来を憂えた可能性だって」

「そうだな……当時ガキなら今は六十と少しってところだもんな。んー……」

平野が言うと、桃田がまとめた。

「つまりはこういうことだよね？　毛髪と爪は某《なにがし》かの事件の証拠であり、昭和の彼から二十一世紀のぼくらへ渡されるバトンだった可能性がある。もしかしたら、それこそが、うら交番へ呼ばれる秘密かもしれないよ」

「昭和の未解決事件を未来の俺たちに託したってか」

「それは柏村さんが殉職した事件でしょうか。昭和三十五年の人質立てこもり事件は未解決でしたよね？」

平野と桃田は同時に「うーん」と唸《うな》った。

「柏村さんはそこで死んだわけで、未解決になったことを知らない」

「あ、そうか」

恵平は言い、

「まあ、そうだよね」

と、桃田は笑った。

「じゃ、柏村さんが救いたい人は誰ですか？」

「振り出しに戻る——」

平野は言って首をすくめた。

「——すべて憶測にすぎねえじゃん」

「そんなことないよ。事件解決に推理は絶対必要だ」

「人質立てこもり事件は未解決だから、冤罪もないってことですしねえ」

考えながら恵平も言う。

「いっそ事件が起きないようにしたかったとか」

「平野、それはおかしいよ。柏村さんが人質立てこもり事件が起きることを予知できないかぎり、その仮説は成り立たない」

「そうか。そうだよな」

平野はガシガシと髪の毛をかき回す。

「やっぱり別の未解決事件なのかしら」

「そのほうが現実的だね」

と、桃田は言って、苦笑した。

「妙な感じだ。ぼくたちは、柏村って人がタイムスリップを肯定しなければ成り立たない仮説ばかり話してる」

「俺たちも、タイムスリップ肯定で話してる」

と、平野が言う。

「たしかにね。メカニズムはわからないのに納得してる。ぼくも平野も堀北も」

恵平は頷《うなず》いて、何か気の利くことを言いたいと思ったが、何も思いつくことができなかった。うら交番は存在するのだ。この街のどこかの時空に。

「柏村さんが担当した未解決事件は、捜査手帳を見ればわかりますよね」

「うえ……俺の仕事かよ」

すっかり目が覚めたという顔で、平野はベンチから立ち上がる。

「オッケー、オッケー、面白くなってきたじゃねえかよ」

ブラックコーヒーを飲み干すと、紙コップを握りつぶしてゴミ箱に放った。

「それじゃ、まあ、ピーチが手配したDNA鑑定の結果はいつ出るんだよ？　二十一世紀の今ならば、未解決事件の現場に残されたDNAと照合できるよな」

「さっきまでぼくを馬鹿にしていたくせに」

桃田は鼻で嗤《わら》っている。

「鑑定せずにいられない性癖ヤバいと思ったからな」

「あ、そ。性癖ね。鑑定料だけど、平野のボーナスから徴収するから」

「金取るのかよ」

「事件じゃないし、民間の鑑定機関に出したんだから当たり前だろ」

アイス抹茶ラテをグイと飲み干して、桃田は恵平に微笑んだ。

「ぼくらは非番に入るから、朝飯食べたら博物館の資料室かどこかで調べを進めるよ」

「だな。未解決事件の線で調べて、何かあったら連絡するわ」

「わかりました。ありがとうございます」

恵平はぴょこんとお辞儀して、制服に着替えるために更衣室へ向かった。


交番勤務の警察官は、所轄署で業務の引き継ぎを終えてから拳銃《けんじゅう》を貸与されて持ち場へ向かう。この日恵平がバディを組むのは中堅警察官の洞田巡査長だ。

洞田は見習いだった頃に指導してくれた先輩で、四角い顔に四角いメガネがトレードマークのお父さんお巡りさんである。職務には厳しいが、自宅からの電話を受けると、とたんにパパの顔が現れて、そんなところに親しみが持てる。息子と娘が一人ずついて、息子は野球を、娘はピアノをやっているのだと自慢げに話してくれる。パパである洞田の姿を見ると、恵平は自分が守るべきものが何なのかを考えさせられる。洞田の妻や子供たち、さらには洞田自身を守ること。社会の幸福は小さな幸せの延長線上にあり、だから地域を守るお巡りさんは、街を行く人々の奥に家族や友人や恋人たちの存在を見ているのだなと思う。

一人を守ることはその先の人々を守ること。刑事の後、柏村が警察官人生の最後に選んだのが交番のお巡りさんであることに、恵平は深い感銘を受けるのだ。

同日午後二時半過ぎ。

恵平は東京駅おもて交番で立番《りつばん》をしていた。屋外の気温は一気に上がり、立っているだけでも汗が噴き出す。拳銃を携帯するお巡りさんは基本的に重装備だが、それは女性警察官でも同じこと。警帽の中は汗で濡《ぬ》れ、頬を伝って首筋に流れる。最初は汗を掻くだけで疲れたものだが、慣れるとサラサラの汗になり、今は前ほど辛《つら》くない。

街に活気が戻るに連れて、交番へもたくさんの人が訪れるようになった。そのほとんどが場所を訊《たず》ねにくる人で、駅構内のロッカーに荷物を預けたのはいいが、帰ってきたら場所がわからなくなったというケースが意外に多い。駅構内は迷路のようで、案内表示はあるものの、そもそも自分がどこにいて、どちらへ進めば目的の場所に出るのかわからないのだ。

おもて交番には、わかりやすく案内するためのツールが揃っている。動物キャラで仕分けしたロッカーの印刷物、東京駅を楽しむポイントを記したパンフレット、地下街の地図、乗り換え案内……はじめはツールの見方も内容もちんぷんかんぷんの恵平だったが、『わからない人』の『わからない気持ち』がわかるからこそ、工夫をこらして道案内する。印刷物を渡すときには付箋《ふせん》を貼って、ポイントに印をつけておく。ありがとうございましたと言われるたびに、交番勤務のやり甲斐《がい》を感じる。

「堀北、休憩に入れ。替わるから」

訪問者が途絶えた一瞬のすきに、入口ドアを開けて洞田が言った。

「あ、はい。ありがとうございます」

交番内へ入ろうとしたとき、

「ちょいとお訊ねいたします」

通路のほうで老齢女性の声がした。

恵平は振り返り、両腕に紙袋を提げて立つおばあさんに気がついた。

「はい。なんでしょう？」

歳の頃は七十前後。メリーさんより背が低く小柄で、白髪を後ろで束ねている。履《は》いているのは色褪《いろあ》せたデッキシューズで、年配の人たちがよく穿いているゴムのズボンに、やや不釣り合いな紫色の上着を羽織っていた。上着の下に着ているシャツは着古した感じがあるうえにシミがついて汚れているから、慌てて外出するのに一番いい上着を羽織ってきたのだろう。都内は暑く、湿気も多いから上着なしのほうが快適なのに、脱げない事情があるのを察した。

それにしても荷物が多い。両腕に二つずつ提げた紙袋は、なかなか重そうだ。

「失礼します。おれは品川《しながわ》の、二葉《ふたば》ってところに行きたいんじゃが」

ここから品川へ行くのなら、乗り場とホームの案内が必要だ。おばあさんは小柄だし荷物も多いので、人混みを歩くのは大変だろう。乗り換え時間にゆとりを持って、場合によっては切符を買う場所も教えてあげなければならない。あれをして、これをして、と考えながら、ひとまず交番に入ってもらうことにする。

「品川の二葉ですね。では、最寄り駅までの行き方を案内しますので、ちょっと交番へ入りましょうか」

多い荷物を持ってあげようと手を出すと、おばあさんはイヤイヤをするように体を捻《ひね》って、恵平から紙袋を遠ざけた。袋の口元まで布のようなものが入っている。

そうしておいて手すりを摑《つか》むと、達者な足取りで階段を上がる。

おもて交番は通路より少し高い位置にあり、数段上がって入る構造だ。

「大丈夫ですか？」

と、恵平が訊《き》くと、

「はいはい。ご親切にどうも……まー、お天気がよくて、暑くてねえ」

などと答える。

恵平は田舎の人たちを思い出して懐かしくなった。田舎では、年寄りが独りで東京へ行くと心配される。東京は道が複雑で絶対に迷子になると思われているから、お年寄りをたった独りで出したりしない。スマホなどのツールを使えないなら尚更《なおさら》だ。

このおばあさんはどこから来たのか。連れもいないようなので、すごい行動力だと感心する。息子や娘に会いに来たのか、それなら電話して迎えに来てもらうという手もあるけれど。そんなことを考えながら交番へ入ると、洞田がカウンターにタブレットを準備して待っていた。

「品川の二葉まで行きたいそうです」

恵平が言うと、洞田はタブレットを使ってルートを検索し始めた。

「おばあちゃん、二葉のどこまで行きたいの？」

モニターを見ながら洞田が訊ねる。

「白蛇《しろへび》様の神社ですがね」

「神社の名前はわかるかな？」

洞田が操作をしている間に、恵平はキッチンへ立っていく。

この暑さだし、お年寄りは暑さや寒さを感じにくいというし、水分補給をしないと熱中症になってしまうと心配したのだ。

「ああ、なるほど、白蛇神社っていうのがあるね……ここだなあ……」

洞田はさらに検索してから、

「最寄りは西大井《にしおおい》駅か……中延《なかのぶ》駅のほうが近いのか」

と独り言をいう。キッチンから恵平は、

「迷いにくいルートがいいと思います。暑いなか歩くの大変だから」

洞田に言って、おばあさんのそばへやって来る。

「おばあさん、よければ麦茶を飲んでください。熱中症になると危険だし」

椅子を勧めて麦茶を出すと、老女は紙袋を床に置き、拝むようにして麦茶を受け取った。一息で空にして、再び紙袋を両腕に掛ける。よほど大事なものらしい。それとも、東京では決して荷物から目を離すなと言われてきたのかもしれない。

「おかわりしますか？」

「いえ、もうけっこうです。ごちそうさん」

恵平はお盆で茶碗《ちゃわん》を受け取って、カウンターの隅に載せた。洞田が呟《つぶや》く。

「西大井駅からだと結構歩くな。やっぱり中延駅で降りたほうがいいだろう」

「中延駅は何線ですか？」

「都営浅草《あさくさ》線だから乗り換えになるぞ」

案内に使う印刷物は専用ラックに用意してある。洞田が必要なものを選んでいると
き、恵平は、おばあさんが外を眺めているのに気がついた。

もしかして連れがいたのかな。ならばその人も交番へ呼んで、麦茶を一杯飲んでもらって、一緒に道順を聞いてもらったほうがいい。

ドア越しに外を覗《のぞ》いてみたが、それらしき人物はいない。

交番前には歩道があって、車道があって、通りの向こうは商業ビルだ。手前の歩道を歩く者はなく、道向こうでは歩行者が信号のあたりにたむろしている。ボサボサの髪をした若者がひとり、商業ビルのほうから信号へ向かって来るのが見えた。

「あー……いかん」

と、おばあさんは呟いた。忘れ物を思い出したような口ぶりだった。

「どうしましたか？」

忘れ物なら駅の遺失物センターへ連絡しないと。そう思っておばあさんを見たが、ただじっと外を見つめている。

「ありゃ……ワカミヤサマがついとるじゃ」

口の中だけでボソボソと言う。恵平に話したわけではなく、独り言のようだ。

信号はまだ赤だ。

おばあさんは外を見ている。

「それじゃ、おばあちゃん。これね」

ルートを決めた洞田がおばあさんの前に跪《ひざまず》き、付箋を貼って要所に印をつけた案内図を見せた。

「浅草線は乗り換えになるからね。今、おばあちゃんのいるのがここで、そっちへ行くと駅の入口が三つあるから、一番手前の丸の内南口から入って……」

おばあさんは何事もなかったように洞田の話を聞いている。

「……わかった？　印の通りに行けば電車に乗れるから」

「神社までどのくらいかかりましょうか」

腰を浮かしておばあさんは訊いた。

「三十分から四十分くらいと思うよ。暑いから気をつけてね。荷物が重ければ駅のロッカーに預けて行くといい。このね、ここのロッカーがわかりやすいから、印をつけておいたから」

おばあさんが立ち上がる。

交差点では信号が変わって、たくさんの人が渡り始めた。

交番へ真っ直ぐ向かって来るカップルが見えたので、恵平は外へ出た。

「すみませーん」

トラベルバッグを通路に残して、女性のほうが恵平を見上げる。おばあさんも交番を出た。洞田が見送り、入れ替わりに女性が階段を上がって来る。そのときだった。

「おまえらみんな、ムカつくんだよーっ」

甲高くヒステリックな怒号が聞こえて一瞬の静寂があり、次いで、つんざくような悲鳴が上がった。交差点を渡る人垣が崩れて、「わあ」とか、「ぎゃあ」とか、言葉にならない悲鳴の合間に、

「死ねえ！　死ね、死ねえーっ！」

と喚《わめ》く声がして、人が倒れ、人が叫んだ。

「逃げろ、どけーっ」

と叫ぶ声、

「やめてーっ、やめてーっ」

と叫ぶ声。人々が走り、あるいは転び、ある者は凍り付き、ある者は振り向いた。わけもわからないまま逃げていく人がいる。むしろ駆け寄ってくる者も。

え、なに？

コンマ数秒、恵平は思考が停止した。

そして交番前の階段上から、目の前で起きている惨劇を見た。

ボサボサの髪の若者が、倒れた男性の背中に馬乗りになって、激しく体を刺している。腰が抜けて動けない女性が近くにいて、若者は凶器を振り上げたまま、女性に目をやり、立ち上がる。いけない！　と、恵平の本能が叫んだ。その瞬間、

「堀北っ！」

と洞田の声がして、意識もせずに体が動いた。

階段の手すりを摑んで飛び越えて、凶行の現場へ突っ込んで行く。

若者は女性の腕を摑んで凶器を振り上げ、首や肩に切りつけていたが、恵平を見ると彼女を放し、今度は恵平に向かって凶器をかまえた。恵平は素早く警棒を抜く。

「やめなさいっ！」

鋭く叫ぶと、暴漢は笑った。

確かに笑った。返り血を浴びて脂ぎった顔の中ほどで、血走った目が炯々《けいけい》と光っている。恵平が知る人間の顔ではなかった。

「刃物を捨てなさい。捨てなさいっ！」

金切り声を上げていると自分で思った。不安そうでヒステリックな声だが、どうにもならない。「捨てなさい！」

相手がその通りにするとも思えなかったが、警棒で威嚇しながら命令を続ける。

犯人との距離は数メートル。刺された女性は血まみれになりながらも、両腕を広げて招く洞田の許《もと》まで走って昏倒《こんとう》した。洞田は彼女を安全な場所まで引きずって行くと、笛を鳴らして近くの人々を退避させた。

駅のほうから警備員が走ってくる。

救急車！　と叫ぶ声がした。応援を呼べ、通り魔だ！

若者はまだ笑っていた。カマキリのように首を捻《ひね》ってコキコキ鳴らすと、燃えるような眼で恵平を睨《にら》み付けている。後悔も恐怖も絶望も感じていない眼だ。激しく燃えて、高揚している。身体から陽炎《かげろう》が立ち上っているかのようだ。

腰を落として警棒をかまえ、なのに恵平は足がすくんだ。体が鉛になったようだった。逮捕術は得意だが、学んだことを思い返す余裕はなかった。防刃ベストを着ているとか、拳銃《けんじゅう》を持っているとか、思考は一切飛び去って、何も考えることができなくなった。殺される。たぶん一瞬で殺される。それほどに犯人の目は異様であった。

お巡りを殺す。殺してやるぞ。思考が体から噴き出している。

「逮捕しますっ」

と、恵平は言った。けれど逮捕できる気がしない。凄《すさ》まじい殺気に気圧《けお》されて、炎天にいるのに冷や汗が流れた。一秒を何倍にも感じたし、相手を組み伏せるビジョンが持てない。眼に汗が入って染みたけど、瞬《まばた》きをすれば殺《や》られると思った。はあ。はあ。と、荒い息づかいだけが耳に響いた。自分の呼吸か、相手の呼吸か、わからなかった。相手は何も望んでいない。死んでもいいとさえ思っている。私を殺すことができれば他には何も望んでいないのだ。

「刃物を捨てろーっ！」

野太い声で洞田が叫ぶ。

けれど、だれも、恵平と犯人の間に入って来られない。

殺気がバリアのように二人を覆って、均衡が崩れる瞬間を待っていた。凶器の切っ先が太ももに向いている。そこは防刃ベストの外で、太い血管が通っている。一撃をもし躱《かわ》せても、次は首を狙ってくる。恵平には犯人の考えが見えていた。見えているのに、どうすればいいのかわからない。ただただ恐怖が全身を縛って、焦りだけを感じていた。どうしよう、どうすれば？

頭のなかで柏村が、あの大きな目で恵平を見た。

逃げてはいけないと柏村が言う。背中を見せれば殺られるぞ。怯《ひる》んだ瞬間、相手は刺すぞ。恵平は頷《うなず》いて、むしろ一瞬で躱せる位置まで進むことにした。ジリ……ジリ……と、間合いを詰める。均衡が崩れる寸前まで進め。その瞬間に相手は襲ってくるかもしれないけれど、私に意識が向いている隙に他の人たちは逃げられる。

そうよ、逃げて、おばあさん。

恵平の意識が動き始める。止めなくちゃ。どうしてもこいつを止めなくちゃ。

「刃物を捨てなさいっ。捨て……！」

均衡は瞬時に崩れた。獣のような雄叫《おたけ》びを上げて敵がまっしぐらに突進してくる。山の猪にそっくりだ。闇雲に逃げず、よく見て躱せ。

すべてがスローモーションのように緩慢に動いて、犯人が脇に抱えた凶器が短いナイフのようだとわかった。それは被害者の血にまみれ、右手にガムテープで固定されている。刺したとき自分の手を傷つけず、拘束されても取り落とすことがないように、一人でも多くの人間を傷つけてやろうという激しい殺意と敵意を感じた。叩《たた》き落とせないならチャンスは一度だ。恵平は凶器から目を離さない。突進してくる敵がゆっくり見える。間一髪で身を躱し、相手の脛《すね》を蹴《け》り上げた。

ズザザッと音がしてスローモーションは解け、路面に顔面を打ち付けた犯人の背中が目の前にあった。恵平は両膝《りょうひざ》で犯人の背中に乗ると、腕が折れても仕方ないと思いながら凶器と一体の腕を警棒で打った。

「ぎゃあっ！」

と男が悲鳴を上げる。

その瞬間、どこからか山川が飛び出してきて、同じ腕を踏みつけた。

「堀北、大丈夫？　わあ、なんだこいつ、ナイフを手にくっつけてるぞ」

「無事か、堀北」

と、洞田も離れた場所から訊《き》いた。

「殺人未遂の現行犯で逮捕します！」

恵平はそう叫んだが、暴れる犯人に振り落とされないようにするのが精一杯で、時計を確認することができない。代わりに山川が時刻を告げた。

巨漢で体重もある山川が背中に乗ると、犯人はあまりの重さに喘《あえ》いだが、ようやく緊張が解けた恵平は腰が抜け、すぐに立ち上がることができなかった。山川は犯人の腕を捻り上げ、凶器ごと背中に回して手錠を掛けた。ガムテープを外そうとしたけれど、どうにもならないので手袋を脱ぎ、刃にかぶせてギュッと縛った。周囲の空気は騒然として、パトカーや救急車のサイレンがけたたましく鳴り、凍り付いた人々が交差点に群がって、落ちたバッグや靴が散乱し、道に倒れた被害者はピクリとも動かず、その血は道路に流れ出し、振り回した刃物で傷つけられた人たちが蒼白《そうはく》な顔で救護を待っていて、首を切りつけられた女性の患部を洞田が懸命に押さえていた。

「何人死んだ？　何人だ」

うつ伏せに倒れたままで犯人が訊く。

口角から泡を飛ばして、誰にともなく叫んでいる。

「俺は何人殺ったんだ？　なあ、教えてくれよ、何人だ」

恵平は、焼け付くアスファルトに犯人の頭を踏みつけてやる幻影を見た。

なんなんだ、この人は、それが求める価値なのか。

怒りのせいか、恐怖のせいか、わからないけど全身が震えた。心臓がバクバク躍り、頬が濡《ぬ》れるほど涙が流れた。

「がんばれ堀北。怪我人の救護に当たらなきゃ」

犯人の首根っこを摑《つか》んで引き起こしながら山川が言う。

それでようやく恵平は、周囲の人たちに思いが至った。

あたりは騒然としていたが、おばあさんの姿はどこにもなかった。手当てを受ける怪我人や、野次馬の中にも彼女はいない。無事に逃げられたようだった。

丸の内西署からパトカーが来て、交番前に横付けしてから犯人を乗せて去っていく。

「大丈夫か、ケッペー」

いつの間にか横に平野が立っていて、肩に手を置き、どこかへ消えた。たぶん桃田もいるはずだ。非番だったのに駆り出されたのだ。鑑識の車もやって来て、交番前の歩道に乗り上げ、ハッチを開けて捜査を始めた。恵平は、世界がまたスローモーションになったと感じた。自分の心臓の音がする。けれど頭は働かない。

上司の指示に従って右往左往しているうちに現場は益々《ますます》慌ただしくなり、やがて恵平は山川と一緒に交番へと押し戻された。

「大丈夫？　真っ青だけど」

洗面所で手を洗っていると山川が訊く。それで初めて鏡を見ると、瞳孔《どうこう》の開いた自分がそこにいた。なんて酷《ひど》い顔だろう。幽霊を見て怯《おび》えているウサギみたいだ。こんな顔で職務を全《まっと》うできるはずがない。恵平は冷たい水で顔を洗って、もう一度鏡を覗《のぞ》き込んだ。顔面は蒼白で、目の縁は赤く、白眼は充血していて化け物のようだ。

洗面所を出ると山川が冷たい麦茶をくれた。

ありがとうございますと言うべきなのに、声すら出ない。恵平は両手でカップを受け取ると、黙って麦茶を飲み干した。とにかく呼吸しなくちゃと思う。

「……はあ」

やっとの思いで溜息《ためいき》を吐くと、山川がホッとして微笑んだ。

「そんな顔をしない。暴漢を取り押さえたのは堀北じゃないか。お手柄だよ」

え、と思った。

「私ですか？　取り押さえましたか」

覚えてないのと、山川が訊く。

「タックル躱して身柄を拘束したじゃない。見事だったよ」

「わたし……怖くて夢中でなにがなんだか……」

そう言っただけで情けないほど泣けてきた。麦茶をおかわりする振りをしてキッチンへ向かうと、泣いているところを見られたくないのに山川もついてきた。

「凶器を捨てなさいーって叫んでいたろ。それでぼくも外へ出て……」

山川は喋《しゃべ》るのをやめ、肩を落としてから、天井を見上げた。

「……ああ……何人犠牲になったんだろう……あれは完全に通り魔だよね。炎天の殺人を狙ったのかな。どうしてここだったんだろう。ナイフと手をグルグル巻きにしているなんて、相当な殺意だよ、恐ろしい」

恵平は麦茶を持つ手が震え始めた。山川の言うとおりだ。あの人物はなぜ、悪魔さながらに見知らぬ人を手に掛けることができたのだろう。倒れた相手に馬乗りになって、まだ刺し続けるなんて、どうしてそんなことができたのだろう。

――おまえらみんな、ムカつくんだよーっ。死ねえ、死ね……――

手の震えを止めようとして麦茶をこぼした。

「堀北、少し座ったら?」

山川はバックヤードに椅子を引き、恵平を座らせた。

「目の前で人が殺されたんだ。怖くて震えて当たり前だよ」

そう言って、山川は自分の両手を突き出してきた。プクプクとして、大きくて、お餅《もち》のような山川の手は、やっぱり小刻みに震えている。

恵平は先輩を見上げ、怖かったのは自分だけじゃなかったんだと悟った。

「訓練と実際は違うよね。慣れたくないけど……こんなことが起きるってことも……

知っておかなきゃならないんだよね。警察官は」

引きつった顔で山川は言う。

「堀北は立派だったよ。ぼくなんか、一瞬身体が固まっちゃったし」

「いえ、私もです。想像していたような動きなんて、ぜんぜんまったくできませんでした。何が起きたか理解できずに……その間に……」

外では遺体がシートで覆われている。

想像するだけで鼻が詰まった。あの人たちには両親や兄弟がいる。友人、同僚、恋人も、もしかしたら自分の家族だっているのかも。

「もっと早く気付いていたら」

交番の周囲はまだ騒然としている。交通量の多い道路は交互通行になって、前の歩道は血だらけで、道を訊《たず》ねる人たちはもう、おもて交番へ来ることができない。

怪我人は運び出されたが、刺された男性の他にも死亡した人がいたようで、ご遺体が丸の内西署へ搬送されて行く。横断歩道には血糊《ちのり》が残され、同僚たちがバケツで水を運んで流している。

恵平は二杯目の麦茶を飲んだが、汗と血の味がするようだった。

「自分を責めてもいいことないよ。事件が起きなかったことにはならないんだし」

「そうですけど」

山川の丸い手が恵平の肩にそっと置かれた。

「堀北の気持ちわかるよ。それしか言えないけど、気持ちはわかる。ぼくも悔しい」

その一言が胸に刺さった。

恵平は山川の言葉を借りて自分の気持ちを理解した。

悔しいのだ。

目の前であんな事件を起こされて、罪のない人を傷つけられて、それを喜ぶ犯人を目の当たりにして自分の無力を思い知らされ……私は悔しい。悔しくて泣きたい。横断歩道を行き来する人を私は毎日ここから見ていた。安心して、守ってあげているような気分で見送っていた。なのに実際は守れなかった。

そのことが、恵平は何より悔しいのだった。

いったい何が起きたんだろう。今見たあれはなんだったんだろう。

——何人死んだ？　何人だ——

頭のなかで犯人が叫ぶ。どうして、なんで？　どう考えてみてもわからない。わかるのは、亡くなった人と傷ついた人が出てしまったということだけだ。

「おばあさんは逃げたんですよね？」

せめてもと思って恵平は訊《き》いた。

「どのおばあさん？」

「ここへ道を訊ねに来た人です。紫色の服を着て、両腕に紙袋を提げていた……あのおばあさんは無事だったんですよね」

山川はキッチンでタオルを濡《ぬ》らしてから、固く絞って持って来た。恵平に渡して首を傾げる。

「洞田巡査長が相手していた人か。ぼくは姿を見ていないけど、あ、そうだ」

そう言うと、ふいにカウンターの奥へ立っていく。

冷たいタオルで顔を拭《ふ》いたら、恵平は徐々に思い出して来た。おばあさんが襲われたらどうしようと思って心配だった。無事に逃げおおせたのは本当によかった。

同時に、犯人の異様な姿もフラッシュバックしてきた。人間があんな眼をするなんて。何人殺せたかが重要なんて。おぞましさに目眩《めまい》がしてくる。

おばあさんは逃げたんだよね？　後からニュースで死亡を知らされたりしないよね？　ううん、大丈夫。おばあさんが提げていた紙袋は現場に落ちていなかったから。

「あのさ、堀北」

山川がカウンターの下から丸い顔を覗かせた。

「これなんだけど」

そう言って立ち上がり、カウンターに載せたのは、使い古しの風呂敷《ふろしき》で包んだ弁当箱程度の大きさのものだった。

「階段の下のスロープに置いてあったんだけど、知ってる?」

「いいえ。見たことありません」

恵平は首を傾げた。

「そうかー。じゃあ、やっぱりあの騒ぎで落として行ったのかな」

「そうかもしれませんね。靴とか、いろいろ落ちてたし……逃げるときに誰かが落としたのかも」

「そうだよね。持ち物より命の心配しなきゃならない状況だったもんね」

山川と二人で風呂敷包みを見下ろした。

被害者が襲われたときに落としたものはすべて、鑑識が写真に収めてから丸の内西署へ運んでいったが、交番の前にあったこちらはリストを外れた。現場から離れていて被害者の持ち物とは思えないから、落とし物の扱いになるのだ。

「気がついて取りに戻ればいいいんですけどね」

恵平が言うと、

「中身はなにかな。食べ物だったら常温だと腐るよね」

山川は心配そうな顔をした。

「持った感じ箱っぽいけど、ポタポタしたものが入ってるみたいなんだよね」

言われて恵平も包みを持った。なるほど確かに重心が移動する感じがある。

「大福餅《だいふくもち》とか、水饅頭《みずまんじゅう》とかかしら。それとも……うーん……なんだろう」

「真夏だし、確認したほうがいいよねえ」

そう言って山川が包みをほどく。

遺失物の問い合わせが来た場合、中身が何かを相手に問わなければならないので、確認は通常の手順である。風呂敷包みを開いてみると、入っていたのは無垢《むく》の桐材で作られた箱だった。かぶせ式の蓋《ふた》がきっちりと閉まっている。桐箱には薄茶色の汚れがついていた。

「箱にシミがついてる。落としたときに中身が潰《つぶ》れちゃったのかもね」

「大福餅や水饅頭ならメリーさんのお店で代わりを調達できるけど」

「そこまで心配してあげる義理はないでしょ。和菓子は駅ナカでも買えるし」

と、山川は笑う。

「でも、食べ物なら冷蔵庫に入れておいてあげないと」

きっちり閉まった箱に手を添えて、山川が慎重に蓋を取る。すると、

「うっ、わっ」

和菓子とは似ても似つかぬ悪臭が溢《あふ》れ出し、

「う……げほっごほっ」

山川が盛大に噎《む》せた。

悪臭はたちまち交番内に充満し、恵平も、涙目になって口を覆った。

腐ったレバーのような臭気である。山川はキッチンへ飛んで行き、恵平もトイレへ駆け込んだ。惨劇を目の当たりにした直後だから余計に、この手の臭いは耐え難い。

押し殺したはずの激情に胃を攻撃されて、恵平はトイレで吐いた。

山川が逃げ込んだキッチンからも、激しく水の流れる音がしている。

「なんだー……うそだろー」

山川は泣き声になっていた。

人々の恐怖と血の臭い、アスファルトの焼け付く熱さ、対照的な犯人の凍える眼差《まなざ》し。悲鳴。汗の臭いにサイレンの音。それらのものがグルグルと内臓を巡って吐き気は止まない。恵平は本物の殺意と恐怖が人体に与える破壊力を見せつけられた。

トイレを出られない恵平に、山川が声だけで訊く。

「堀北。ねえ？　何かさ、白い紙に包んだものが入っているけど。これって……わあ、イヤだ……うわー……もう……でも、見なくちゃね……わあぁ……くっそー。やるぞ！　おい」

山川が自分を叱咤《しった》する声が途絶えたと思ったら、次にはバタバタと足踏みする音がした。

「うわー、やっぱりダメだ。気持ち悪くて素手じゃムリ……割《わ》り箸《ばし》使って開けてみる。ほら、がんばれ、いくぞ……白い紙を……こう……うーむむ……ぎゃー……」

恵平がトイレを流して立ち上がり、大急ぎでうがいをしたとき、

「ぎゃあーっ」

山川は、尋常ではない声で叫んだ。

洗面所を飛び出すと、カウンターに載せた箱の前から山川も飛び退いたところであった。顔の下半分をタオルで覆って、片手に割り箸を持ったまま、箱を見て、恵平を見て、また箱を見る。

「なんて日だ。どうして今日はこんな目にばっかり遭うんだ」

山川が怒っている。嘆いているようにも見える。カウンターに載せた木箱は、そこからはみ出た和紙の合間に薄茶色の油紙が覗《のぞ》いていた。狭い交番内は腐臭で一杯だ。

恵平が恐る恐る近づいて覗くと山川が吠えた。

「絶対に犯人が置いたんだよ。あいつは警察を憎んでいたから、嫌がらせに置いたんだ。ぼくはあいつが堀北を刺そうとしたときの目を見たよ。あれってきっと無差別殺人のつもりじゃなくて、本当は、この交番の、ぼくらのことを狙ってたんだよ。もう、なんなんだ！　牛かな？　豚かな？　ヒドいことをする。酷《ひど》すぎる」

牛か豚かはわからない。でも、これが何かは形でわかる。

木箱に収められていたのは握りこぶし程度の大きさの、生の心臓だったのだ。

第三章　ワカミヤサマと心の臓

その日、恵平はフラフラのまま、定時を待って東京駅おもて交番を出た。

日勤勤務は公務員になったことを実感できる貴重なシフトで、日の高いうちに街に出て、ダミちゃんでビールを飲むのが楽しみなのだ。それなのに、今日はまったく違った。悪意に打たれて疲れ切り、胃がムカムカとして苛立《いらだ》っていた。

通り魔事件の犯行現場が交通の要所だったこともあり、規制線は二時間程度で外されて、惨劇の痕跡《こんせき》を探しながら人々がその場所を行き交っている。血の跡を洗い流した水もすぐに乾いて、尊い人命が奪われた痕跡はもうわからない。

あの瞬間、たまたまここに居合わせた人の人生がどう終わったか、それを思うと胸が痛んだ。あのとき自分がもっと早く飛び出して、犯人の前に立ちはだかったらどうだったろう。『逃げて』と大声で叫んでいたら？　防刃ベストを着ている自分があの人の代わりに刺されたら……。

「目の前だった」

敢《あ》えて横断歩道を渡りながら呟《つぶや》いた。

きれいになったアスファルトに、倒れた男性の姿が見える。ショッキングな映像が風景ごと脳に焼き付いてしまったようだ。コンマ何秒ためらうことなく動いていたら。どうしてあのとき体がすくんでしまったのだろう。

横断歩道を渡り終え、人垣を抜けて行くときに、恵平はまた思い出す。

――いかん……ありゃ……ワカミヤサマがついとるじゃ――

おばあさんの言葉であった。あのとき老女は外を見ていた。

それともまさか、やって来た犯人を見ていたとかは。

恵平は立ち止まり、惨劇の場所を振り返る。行く人やくる人に不審なものを感じとろうとしてみても、それは無理な相談だ。自分も犯人を見たけれど、ボサボサの髪だと思った程度で、あんなことになるとは想像すらできなかった。

それにおばあさんはその後も、普通に洞田と話していたし。

人々の靴が死の痕跡を踏んでいく。血の跡を踏まないようにキョロキョロしている人だって、見えないものを避《よ》けることなんかできない。それなのに。

「ワカミヤサマってなんだろう」

なにが『いかん』だったのだろうか。

恵平は前を向き、大股《おおまた》で丸の内西署へ向かった。


洞田巡査長は通り魔事件の書類作成のために一足早く本署へ戻っていたので、落とし物は山川が届けに行った。通り魔の犯人が悪意で置いたに違いないと伝えたそうだ。それが証拠に、恵平の勤務時間内に遺失物の問い合わせをしてきた者は一人もいない。夜勤の伊倉《いくら》巡査部長には事情を話してあるから、誰かが落とし物を取りに来たなら事情聴取ができるだろう。

丸の内西署へ来てみると、正面玄関に報道陣が張り付いて、十九時から署長が行う通り魔事件についての会見を待っていた。

犯人の素性はすでに割れ、ネットニュースに実名や年齢が出ていた。犯人は小川勝司《おがわかつし》という名の住所不定無職、二十三歳の青年で、鋭利なナイフで襲われて二名が即死、一名が重態、怪我人多数ということだった。

報道陣でごった返している玄関を避け、裏口から署内へ入ると、署内は署内で殺伐とした空気に包まれていた。桃田のいる鑑識部屋はドアが閉まったままで、刑事課は平野を含む刑事たちが立ったり座ったり歩いたりしており、事務職員はバタバタと椅子を運んでいる。

「堀北、お疲れ。大変だったね」

ロビーを遠くから見ていると、後ろから声を掛けられた。振り向けば、研修中に恵平の指導をしてくれた生活安全課の池田《いけだ》マリ子巡査部長が立っていた。

「あ、はい。お疲れ様です」

身体ごと振り返って頭を下げると、池田は痛々しそうに眉尻《まゆじり》を下げた。

「なんて顔をしているの。あんた、ケガはしなかったんだよね？」

「はい。おかげさまで、私は無事です」

恵平より背の低い池田は後輩を見上げて言った。

「凶器を振り回す犯人を取り押さえたって聞いたけど」

「いえ……私じゃ体重が足りなくて、山川先輩が替わってくれたんです。手錠を掛けたのは先輩で……」

池田はふっと近寄ってきて、恵平をぎゅっと抱きしめた。ふくよかな柔らかさが身に染みて、恵平は故郷の母親を思い出した。束の間目を閉じてぬくもりを味わうと、焼け付くアスファルトの上で死なせてしまった人たちのことが脳裏を過《よ》ぎった。

「今日は帰りな。こっちのことは心配しないで」

耳元で囁《ささや》かれて、

「あ、りがとう、ございます」

と、涙交じりに礼を言った。頭のなかがグルグルしていて、言葉は素直に出てこない。池田マリ子は『おっかさん』の顔で恵平を見ると、二の腕あたりをポンと叩《たた》いた。

「ゆっくり休んで回復すること。しばらくはバタバタするし、今夜は外も騒がしいから、駐車場のほうから帰るといいよ」

「はい」

生活安全課にいた時は怖い上司だと思ったけれど、一人前の警察官になった今、池田は年下の同僚として接してくれる。他のみんなもそうだ。後輩だけど見習いじゃない。自分も同じ警察官なんだと恵平は思い、いつまでもショックを引きずっていてはいけないと自分を叱咤《しった》した。人目を避けるようにしてシャワー室へ入り、全身に染みついた惨劇の臭いと、桐箱から漂い出た腐臭を洗った。

着替えてさっぱりしてから鑑識の部屋へ行く。

もう泣き顔じゃないことは確認済みだ。刑事の部屋に平野はいたが、桃田のほうはどうだろう。二人とも徹夜明けの非番で凶悪事件に遭遇して、自分以上に疲れている

んじゃなかろうか。閉ざされたドアをノックすると、

「はい？」

と、野太い声がした。ベテラン鑑識官の伊藤《いとう》の声だ。

「地域課の堀北巡査です。入室してもいいですか？」

恵平は山川がここへ届けた心臓のことが気になっていたのだ。

『入れ』と伊藤が命じる前にドアが開き、長身の桃田が立っていた。

「来たね」と言う。

「失礼します」

会釈しながら室内を見ると、鑑識官が勢揃いしていた。通り魔の小川が使用したナイフや、それと手を接着していた血まみれのガムテープ、被害者の衣類や携帯品、血まみれの靴、微細な証拠品などが、仕分けされてテーブルに並んでいる。すでに作業は終了したらしく、伊藤がそれらを箱に入れているところであった。

「お疲れ様です」

研修中に鑑識の仕事も学んだからこそ、恵平は、一度にこれほど大量の、しかも凄惨《せいさん》な証拠品を整理して、データにして、管理して、保管しなければならなかった仲間たちをねぎらった。

「お疲れはそっちだろ」

と、伊藤が言った。言葉は優しいが、いつにも増して険しい顔をしているわけは、やりきれない事件に怒っているからだろう。

「ったく、人の命をなんだと思っていやがる」

と、呟きながら証拠品を箱に入れている。

事件は最も気温の高い昼下がりに起きた。多くの人はオフィスや涼しいビルの中にいた。でも、もしも、あれが通勤時間帯に起きたなら、被害者はもっと多かった。

「犯人の様子はどうですか？」

誰にともなく訊《き》いてみた。

奥のデスクから鑑識課長が答えてくれた。

「留置場に入れたら多少は大人しくなったがな、それまでは全力でイキってて大変だったぞ」

「何か喋《しゃべ》ったんですか？　どうしてあんな酷《ひど》い真似を」

「いや、まだだ。ああいう輩《やから》を喋らせるにはコツがいるんだ」

「ベテラン刑事に任せておけ——」

と、伊藤も言った。

「――威嚇すりゃ怯《おび》えて喋らなくなるし、恫喝《どうかつ》すれば意固地になる。下手《したて》に出ればつけあがる。野獣を飼い慣らすには手綱さばきが肝心なんだよ」

「あんな真似して喋らないとか、犯人は、甘ったれすぎだと思います」

こみ上げてくる怒りのせいで、恵平は声が震えた。

鑑識部屋に置かれた証拠品から被害者たちの生身を実態として感じてやるせないのだ。ペイさんに磨いて欲しいくたびれた靴、片方だけのローヒール、血まみれの携帯電話、財布にハンカチ、『おとうさん　ありがとう』とクレヨンで書かれたカードには、髭面《ひげづら》にメガネを掛けた似顔絵が描いてある。

死亡した男性には子供がいたのだ。

「あのな」

伊藤がジロリと恵平を見た。

「牡蠣《かき》を食うには殻を割るだろ？」

「言ってる意味がわかりません」

恵平は伊藤に八つ当たりした。

「何でもやり方があるってことだ」

と、課長が言う。

「でも、犯人は心臓まで……」

そうだった。それを犯人が置いたという証拠はまだないし、目的だってわからないのだ。そのことに気がついて恵平が口をつぐむと、課長が言った。

「ピーチ。これもいい機会だから、堀北に見せてやってくれ」

「わかりました」

言われて桃田は鑑識のドアを開け、

「それじゃ行こうか」

と、恵平を誘《いざな》った。

「ぼくも堀北も学ぶことが多い。まあ、こんな機会はない方が、本当はいいんだけど」

そう言って廊下を先に行く。

「ずーっと散々で、普通に生きてる気がしません」

恵平は思わず弱音を吐いた。

「大変な一日だったからね」

「始まりはとても平和だったんです。でも、ああ……」

桃田は一瞬足を止め、「大丈夫?」と、訊いてきた。

「大丈夫です。紫の服を着たおばあさんに白蛇神社への行き方を……」

「白蛇神社？」

「品川の二葉にあるそうです」

「紫の服着て白蛇神社か……。何しに行くと言っていた？」

「さあ、そこまでは……両手が荷物で一杯だったから、お祓《はら》いか、何か納めに行くつもりだったのかもしれないです」

「ふーん」

と、桃田は呟《つぶや》いた。彼は好奇心旺盛《おうせい》で知識を得ることが大好きなのだ。

「今日のよかったことと言ったら、そのおばあさんが事件に巻き込まれなかったことだけです。事件の寸前まで交番にいたので」

「本当に無事だった？」

「そう思います」

廊下の先を桃田は曲がる。

取調室へ向かっているのだと恵平は思った。犯人が何を喋ったか、喋らないのか、新米警察官に様子を見せてくれるらしい。複雑に進む廊下の先には取り調べをするためのブースがある。そこは一般の部屋とは少し違って、取調官の質問に答えやすくするために、天井を若干低くして廊下を長く感じさせたり、被疑者が窓を背にするなどの心理的な工夫がされている。床も壁も天井もグレーだ。

取調室の前には生活安全課の牧島《まきしま》刑事や、平野と同じ組対《そたい》の刑事らが立っていた。彼らは桃田や恵平を見ると、苦虫を噛《か》みつぶしたような顔で取調室へあごをしゃくった。クソ野郎はこの中にいやがるぜ、と、彼らが心で言うのが聞こえた。誰もが犯人に怒っているのだ。

「声を出すなよ？」

恵平に低く囁《ささや》いて、牧島が取調室の隣にあるドアを引く。マジックミラーを通して聴取の様子を確認できる部屋である。頭を下げて室内に入ると、中に平野と河島《かわしま》班長が立っていた。桃田も入ってドアを閉める。

平野がチラリとこちらを見たとき、「おう」と声が聞こえた気がした。

壁に開いた大きな窓から取調室の中を見る。テーブルが二つあり、一つは壁際に設置されて、記録係が座っている。部屋の中央に置かれたテーブルは、明かり取りの窓を背にした席にボサボサ頭の小川勝司が、ドアを背にした席には老齢の刑事が掛けていた。小川は敢《あ》えてマジックミラーに体を向けて椅子に掛け、刑事には体の側面だけを向けていた。小川の服は血まみれで、髪も顔も血に濡《ぬ》れて、ギラギラと眼が光っている。恵平はゾッとして体が震えた。

『水を飲むかね？　そろそろ喉《のど》が渇いただろう』

縁側でお茶を勧めるような気安い感じで、老刑事が犯人に訊《たず》ねている。小川はズボンからシャツがはみ出していて、太股《ふともも》あたりにズボンの上から包帯が巻かれていた。何だろうと首を伸ばすと、

「凶器をポケットに入れていたから太股を切ったんだよ」

と、平野が低い声で教えてくれた。

ナイフと手をグルグル巻きにして、それを上着のポケットで隠していたから、剝《む》き出しの刃物の切っ先で自分の股を切ったのだ。血を流しながら交差点まで歩いてきて、そして犯行に及んだということか。その執念を知ってなお、恵平は、ますます理解ができないと思った。ガムテープでグルグル巻きにされていた手をダランと垂らして、小川はマジックミラーを睨《にら》み付けている。

『二人か……あーあ』

と、小川は喋った。

『あーあ、とはどういう意味かね？』

刑事が訊ねる。小川はベロリと長い舌を出し、顔についた血を舐《な》め取った。

『残念ですよ』

『何が残念だ』

『ぼくは警察官を殺してみたかったんです』

そう言う小川の眼が自分に向いているような気が、恵平はした。

『警察官を殺害するためだったのか？　今日のあれは』

『そうですよ？』

『ほう……そうか……だが、傷つけたのも、殺したのも、一般人ばかりだったね』

『つまんねえなあ』

と、犯人は言う。

『計画が足りなかったというか、ちょっと考えが甘かったですね。そこは反省してますよ。人を殺すのって思ったより疲れるね。腕が痛くなっちゃったなあ』

腕が痛くなっちゃったなあ？

恵平は震えた。腕……腕が痛く……「なっちゃったなあ？」

口の中で呟いた。桃田と平野が両脇に来て心配そうに見下ろしていることも、恵平にはわからなくなった。

『最低十人はいけるはずだったんですけど。ぼくの体力が足りなくて』

そう言うと、彼はべーっと舌を突き出してきた。向こうからはこちらが見えないはずなのに、恵平は、小川が自分に対して舌を出したと感じた。右手を強く拳《こぶし》に握り、その手でマジックミラーを割らないように、左手で押さえた。

小川はもう喋《しゃべ》らない。両足を床から離して、ブランコのようにブラブラさせる。恵平は怒りで前のめりになり、その瞬間、平野に二の腕を摑《つか》まれた。

「もういいだろ」

押し殺した声で平野が言う。河島班長に目配せすると、恵平を引っ張って出口へ向かった。老刑事の訊ねる声が、まだ聞こえている。

『きみねえ、駅の交番に、なにかの心臓を置いたかね?』

小川がどう答えるか興味があったが、聞こえてきたのは答えではなく、

『ふへへ、ひへへ』

という、癇《かん》に障る笑い声だった。

『ひひひひ……あーっ、おもしれーっ!』

そう叫んだ後も犯人は、壊れたように笑っている。

平野に引かれ、桃田に押されて部屋を出たとき、恵平は怒りで全身が震えてしまうのを止められなかった。

「今、一番腹が立っているのは取り調べしている浅川《あさかわ》さんだぞ」

平野は老刑事の名前を言った。

「はらわたが煮えくりかえっても浅川さんは怒鳴ったりしない。ホシに自白させるのが仕事だからな。それが遺族のためでもあるし」

恵平は平野を見たが、怒りに唇が震えるばかりで言葉が出ない。桃田が体で恵平を押すと、平野も気付いて喋るのをやめた。

長い廊下の向こうから、青い顔の女性がやって来る。体をすくめ、けれどもどこか他人事《ひとごと》のような、お芝居をしているかのような、そんな感じで警察官に連れられて来る。牧島刑事が迎えに出向き、道を空けた恵平たちの前を通って、いま恵平が出てきたばかりの部屋へ入った。

「……母親だよ」

ドアが閉まると平野が言って、桃田と三人でその場を離れた。

取り調べの様子を見せてもらっても、恵平には何もわからなかった。どうして残虐な殺人を犯したか。犯人は頭の中がどうなっていて、だからあれをやったのか、なにひとつわかることなんてなかった。

取り調べのブースを出ると、仕事を終えた鑑識官らとすれ違い、

「帰りは駐車場側の裏口から出ろよ」

と、忠告された。正面ロビーで署長の会見が始まったらしかった。

賑《にぎ》わうロビーを迂回《うかい》して、恵平たちはまた鑑識の部屋へ戻って来た。今度は平野も一緒である。伊藤は証拠品を片付け終えていたけれど、そこに山川が持って来た心臓はない。箱も、風呂敷《ふろしき》も、室内になかった。

鑑識課長も、もういない。署長の会見に同席しているからだ。

「心臓はどこですか？　ここへ届けたって聞いたのに」

疲れた声で恵平が訊《き》くと、

「まあね……とりあえず座ったら？」

と桃田は言って、自分のパソコンを立ち上げた。

「ていうか、ケッペーはどうなってんだ。よりにもよってこんな日に、生の心臓なんか拾って来やがって」

首のあたりを掻《か》きながら、怒ったように平野が言った。

さっきは恵平をいさめたくせに、平野のほうがずっとイラついているようだった。

「拾ったのは私じゃなくて山川先輩です」

「知るかよ、ああ、胸くそ悪い」

その横で桃田は淡々と画像を呼び出している。

「ブツは確かに山川さんが持って来た。もうここにはないけどね」

桃田が呼び出したのはその画像だった。

あのときは箱に入っていた心臓が、包み紙ごと外に出されて撮影してある。やはり白い和紙と油紙とで二重に包まれていたようだ。

「そうです。これです。何の心臓だったんですか？」

「見ただけでわかると思ってんのかよ」

平野はまだ文句を言っている。

「鑑定に出したんだよ」

と、桃田は言った。

「箱や油紙から指紋も採ったから、小川勝司のものと照合できる。すぐにやるのはムリだけど。今日は色々と忙しかったから」

「山川先輩は牛か豚じゃないかと言ってましたけど……やっぱり小川が置いたんでしょうか。警察へ嫌がらせをするために？……悪趣味にもほどがあると思います」

「それよりも……そうだとしたら、ぼく的に気になることがあって……小川勝司は通り魔殺人の前にも誰かを殺しているんじゃないのかな」

桃田は不穏なことを言う。

そっぽを向いていた平野が不意に振り返って、モニターの前までやって来た。

「あ？　なに言ってんだよ」

「小川勝司の父親ってどうなってるの？　来たのは母親だけだよね」

平野は嫌そうな顔をした。

「連絡がつかねえんだよ。なんか複雑な家庭みたいで、両親と本人は長いこと疎遠で祖父母に育てられたらしいんだ。って……え？　それって豚の心臓じゃないのかよ、もうたくさんだぞ？　これ以上の生臭話《なまぐさばなし》は」

「残念ながら、ぼくは人間の心臓だと思うんだなあ」

モニターを睨《にら》んで桃田が言った。あまりに冷静な声だった。

こんなことにはもう耐えられないと思いつつ、蚊の鳴くような声で恵平が訊く。

「……それって……どういう……ことですか？」

桃田は心臓の画像を拡大していく。彼は撮影技官としても優秀なので、撮った画像にブレはなく、拡大しても細部まで確認できるのだ。

発見時は臭いにやられて詳しく見ることができなかったが、モニターからは臭いがしない。だから恵平はそれを見た。

心臓はグロテスクな姿をしていた。巨大な砂肝が頭になって、白っぽい下半身がついたタコ星人とでも言えばいいのか。頭部中央に太い血管がへばりつき、白っぽい下半身から静脈や動脈が短い足のように突き出していた。弛緩《しかん》してだらしなく、擬人化しても死体に見える。

「人の心臓の大きさは、その人の握りこぶしよりやや大きい程度と言われているから、成人男性じゃないかと思うんだ」

「はあ……」

と平野が溜息《ためいき》を吐く。

「そんなものが、どうして箱に入れてあるんです？」

「うん。そこが謎だよね」

桃田はタコ星人の足を拡大した。

「調べてみたら、これが上行《じょうこう》大動脈で、こっちが肺動脈の元のあたり……それからこれが下行《かこう》大動脈で、細いのが静脈……人間の心臓で間違いないと思うんだけど」

「やめろよ。父ちゃん殺して心臓抜いて、それ持って通り魔事件ってか」

「ぼくは事実を言ってるだけだ」

「憶測だろ？　これが人間のものならばっていう」

「まあ、そうだ。小川勝司が交番の前に置いたという前提だよね」

常人の理解を超えていると恵平は思い、桃田の推論に抗《あらが》いたくなる。けれど抗うだけの特殊な事情を、恵平は思いつくことができなかった。そもそもどうして人の心臓が桐の箱に入れられていたのだろうか。心臓のサンプル？　というのはおかしな話だ。解剖用の何か？　ならば薬液で固定されているはずだ。

「……臓器移植用の心臓だったとかじゃないですか」

桃田は恵平を振り向いた。

「移植用臓器は桐の箱に入れたりしないよ」

「ですよね」

たくさんだ。もうたくさんだ。と、頭の中で声がする。小川に殺されて心臓を抜かれた誰かの姿を思い浮かべてしまうのだ。血腥《ちなまぐさ》いシーンはもうたくさんなのに。

「ここを見て」

桃田がカーソルで示すのは血管の切り口だ。いずれも鋭利な刃物で切断されているように見える。

「ぼくには医療の知識がないけど、取り出すつもりで切られた痕跡《こんせき》だと思う」

「そりゃ、あいつの態度を見たら凄《すさ》まじい怒りを秘めてるってことはわかるよ？　だが普通は第一の殺人を犯してだ、心臓までくりぬいたとしたらだよ？　その後に大量殺人もするほど怒りをためておけるかな」

誰にともなく平野が訊いた。

「でも初めてじゃない？　殺人犯が凶器と腕をグルグル巻きにしてたのは」

「それはまあ……そうだが」

「凄まじい怒りを爆発させて大量殺人を犯した例は過去にもあるだろ？　津山《つやま》三十人殺しとかだって」

「うーむ」

と、平野は唸《うな》ってしまった。

「まあ平野の話も一理ある。だけどさ、通り魔事件と無関係だったとするならばだよ？　どんな理由が考えられる？　これが人間のものだったとして」

桃田の問いに恵平は閃《ひらめ》いたことがある。人体を薬餌《やくじ》とする迷信だ。

「まさかターンボックスに売るつもりだったとか」

「おお」

と平野が唸った理由は、その可能性があると思ったからだ。

重篤な病を治す特効薬として人間の部位を用いる迷信は、古《いにしえ》から現代に至るまで根強い信仰を集めている。タブーなので公にはされないが、究極の罪悪感から生まれる高揚や呪術《じゅじゅつ》的要因から信奉し、人体を高額で取引するマーケットまで存在するという。ターンボックスはその売買に関わっていると思《おぼ》しき闇の組織だ。

過去に恵平が関わった事件では、ターンボックスがネットで嬰児《えいじ》の死体を買い取っていて、取引は白昼堂々行われていた。うら交番の柏村の時代は、遺体の入手から加工、海外輸出に至るまで、完璧《かんぺき》に組織化されたルートがあったという。

恵平はようやく空いている椅子を引き寄せて腰を下ろした。

「なるほどターンボックス、たしかにね」

と、桃田も頷《うなず》く。

「ターンボックスに売るつもりで心臓を持ってきたけれど、騒ぎに驚いてうっかり落としていったってことかな」

「伊倉巡査部長には話してあるので、何かあれば連絡が来るはずですけど、もしもターンボックスがらみだった場合は落とし主が来るかもしれないですよね」

「バカか。来るかよ」

と平野が言う。

「中身が何か考えてみろ。医者か葬儀屋か知らないが、ターンボックスへ売るために死体から心臓を盗んでんだぞ？　それをノコノコ受け取りに戻るか？」

こ、う、ば、ん、に。と、平野は嫌みったらしく付け足した。

「そうか……やっぱり、来ないですよね」

「これってさ、人間の心臓とわかった場合は捜査になるよね？　周辺の防犯カメラの映像を押さえて、落とし主の行方を追わなきゃ」

桃田が言った。

「やっぱり事件になるんでしょうか」

「チクショウ、その場合は腹が立つほど立派な別件の事件じゃねえか。鉄警隊の奥村さんに電話して、防犯カメラの映像を押さえてもらおう。どうせ通り魔事件の分しか頭にないはずだから」

「河島班長には？」

「今は取調中だから後で話すよ。小川の野郎が心臓を置いたんじゃなければ、ケッペーが言うようにターンボックスがらみの可能性があるしな」

言うが早いか平野は電話を掛けた。

鉄道警察隊隊長の奥村は、よれよれのレインコートをこよなく愛する五十がらみの冴《さ》えない男だ。警察官というよりは学校の先生のような風貌《ふうぼう》ながら、不審者を見抜く眼力は一級品で、懐中物を狙う輩《やから》から『すかしっ屁《ぺ》の奥村』と呼ばれて怖れられているからだ。

まったく気配を感じさせないで、臭いに気がついた時にはワッパ《手錠》を掛けられている。

平野が電話をしている間に、恵平は桃田をねぎらった。

「徹夜明けに酷《ひど》い事件と遭遇しました。大丈夫ですか？」

桃田は目を細めている。

「平気だよ。通報を聞いたらアドレナリンが出まくったし。たぶん平野も同じだと思うけど、平野の方がきついんじゃないかな。刑事は遺体の確認をするし。取り調べはまだ続きそうだし……堀北こそどうなの？　ショックを受けたろうに」

「はい」

恵平は素直に答えた。

「だよね。でも、犯人の身柄を確保して被害者を増やさなかったことは誇りに思ってもいいんじゃないかな」

「そんなふうには思えません」

「まあね……そうだね」

桃田は心臓の画像をシャットダウンした。

「ぼくもこれで上がるから。さすがに今日は疲れたし。堀北もそうしなよ」

パソコン画面を閉じて、立ち上がる。

まだ電話で話し中の平野に片手を挙げて、「お先に」と言うと、平野は送話口を片手で押さえて、

「お疲れ。ケッペーも上がってダミちゃんへ行け」

と、言った。桃田は恵平を連れて部屋を出た。

「何か食べたの？」

それでようやく恵平は、昼ご飯を抜いたことに気がついた。けれど、食欲は全くない。顔つきからそれを悟って桃田が言う。

「平野の言うとおりダミちゃんへ寄って行くことだね。気分じゃないからぼくはこれで帰るけど、堀北はダミちゃんに行くほうがいい。食べられなくても気が晴れるだろ？　体調を万全に整えておくことも大切な仕事だからさ」

「はい。ありがとうございます」

「結果が出たら知らせるよ」

おやすみ。と、桃田は言って、着替えるために更衣室へ向かって行った。

恵平が署を出たのはちょうど署長の会見が終わる頃で、報道陣がまだ正面玄関にい

て、裏口には警備員しかいなかった。アスファルトから立ち上る熱気が頰を打ち、記憶の臭いがそれに混じって、恵平は気分が落ち込んだ。トボトボと夜道を歩いて再び東京駅へ向かい、八重洲中央口に至る交差点まで行ったとき、周囲の明るさと人混みの多さに別世界へ来たような気持ちになった。

こんな最低の日にも人は普通に通りを闊歩《かっぽ》している。通り魔事件のニュースが駆け巡っても、そのことで日常が変わってしまう人はほんの一握りなのだと思う。街を行く人たちの膨大なエネルギーを前に、犯人の独りよがりな憎悪と悪意は何ほどの影響を与えることができたのだろう。一方で、何人もの人が運命を歪《ゆが》められたのも事実。溢《あふ》れる光と都会の音と、そこここにいる人々をぼんやり眺めているうちに、青信号を二回もスルーした。

地下街を通って呉服橋のガード下まで歩く。ダミちゃんは営業中で、通路に置いたビール箱の席でお客が酒を飲んでいた。胃袋は空なのに、一杯に感情が詰まっている感じがした。自分を励ましながら暖簾《のれん》をくぐると、

「へいらっしゃい!」

と声がして、焼き台の向こうからダミさんが恵平を見た。

「悪いね、お客さん。ちょいと席を詰めちゃもらえないかな」

ダミさんが言うと、

「マスターいいよ、俺、もう行くから」

サラリーマンがジョッキのビールを飲み干して、恵平に席を譲ってくれた。

「すみません」

と、お礼を言って席に掛け、恵平は彼の食器をカウンター台に片付けた。店員からダスターをもらって席を拭《ふ》く。カウンターがきれいになると、熱いおしぼりと箸《はし》を置きながらダミさんが、

「今日は大変だったな。大丈夫かい？」

と、訊《き》いてきた。恵平は口角を上げて微笑んだ。

「大丈夫。それで、ごはんも食べ損ねちゃって」

「そりゃそうだ」

周囲に恵平の素性が知れないように、ダミさんは声をひそめている。

「大盛りごはんを食べるかい？　それともビール？」

「ビール飲みたいけどやめておく。ウーロン茶と……冷たいお茶漬けにしようかな」

「もっと儲《もう》かる注文をくれよ」

と言いながら、ダミさんは厨房《ちゅうぼう》に指示を出す。お通しの代わりに出てきたのはキン

キンに冷えたぬか漬けで、キュウリになすにニンジンに、正露丸《せいろがん》ほどの丸い実が三粒載せてある。

「わあ、すごい。ぬか漬けだ」

恵平は箸を持ち、「この丸いのはなに？」と、ダミさんに訊いた。

「気がついたかい？　山椒《さんしょう》の実だよ。家の玄関に木があって、初夏に実がなったヤツをガーゼに包んで漬けてるんだよ」

「生で？」

「そうだよ」

と言いながら、ダミさんはニヤニヤしている。一粒つまんで恐る恐る口に入れたが、ぬか漬けの塩気以外は感じない。奥歯で嚙《か》むと山椒の香りがして舌が痺《しび》れた。

「ん、味は特に……ん？　え？　あれ？」

舌の付け根と喉《のど》のあたりに、ジワジワと旨《うま》みが広がっていく。一粒しか食べていないのに、口腔《こうこう》内がとてもおいしい。まるでぬか漬けの旨み成分だけを摂取したような、見えないごちそうを食べているような、不思議な感じだ。小さい実しか食べていないのに、口いっぱいに味を感じる。

「うそ……」

口元を押さえてぬか漬けを見た。ダミさんが笑う。

「感じたかい？　スゲーだろ」

「これって山椒を食べたせい？　この小さい一粒で？」

温かいごはんを茶碗《ちゃわん》によそって、梅と大葉と白ごまを載せ、氷を浮かせた冷たい出汁《だし》は片口に入れ、ダミさんは恵平の前に置く。

「そ。知らなかったろ？　その状態でものを喰《く》ったら、旨みを倍くらい感じるんだよ。ザッツ山椒マジックってやつだ」

おじさんぽい比喩《ひゆ》だけど言い得て妙だ。山椒のぬか漬けなんて初めてだけど、不思議すぎて癖になる。小粒でピリリと辛いだけじゃないんだ。キュウリを口に入れてみると、たしかに旨みが倍増していて、どこもかしこもすごくおいしい。口中に味蕾《みらい》ができたみたいだ。

「うわ、山椒ってすごいのね、ちっとも知らなかった」

「ちょうど今が食べ頃で、しばらく経つと効果は消えちゃうんだよ。漬けはじめからせいぜいひと月程度ってところかな、激しい旨みを感じられるのは。ま、たくさん採れるもんでもないし、バクバク喰うもんでもないからさ」

本当に美味《おい》しいものって、旬のわずかな間だけ、その美点を知る人たちがこっそり楽しんできたんだなと思う。恵平はごはんに冷たい汁を掛け、さらさらと頂きながら漬物を食べた。世の中は小さな幸せで溢れているのに、件《くだん》の犯人はどんな世界で生きてきたのか。返り血を浴びて光っていた眼や、取調室で聞いた笑い声には、世の中のすべてを憎んで嘲笑《あざわら》っているかのような、底冷えのする冷たさと激しさがあった。

でも、私だって彼を激しく憎んだ。殺しかねないほど憎かった。全身全霊で彼を憎んだ。そう思ったら、いつの間にか箸が止まっていた。

「美味しいかい？」

頭の上からそう訊かれ、恵平はこちら側へ戻って来た。

焼き台に載せた串《くし》を返しながら、ダミさんが心配そうに眉尻《まゆじり》を下げている。通り魔事件の束縛から逃れたくて、恵平は訊いた。

「ダミさん。ちょっと訊くけど、ワカミヤサマってなんだか知ってる？」

「は？　なんだいそりゃ」

「だよね、聞いたことないよね」

「地名かな？　若宮《わかみや》ってたしか中野区あたりに」

恵平は首を左右に振った。

「そういうんじゃないと思う。思うけど、よくわからないのよね。人につくもの？

とか……ワカミヤサマがついとるじゃ、って、おばあさんがそう言ってたの」

ダミさんは厨房の奥にいる店員に訊いた。

「ケーちゃんは聞いたことあるかよ？　ワカミヤサマってなんだい」

店員は首を傾げた。

「さあ？　なんか偉い人っすか。様つきで呼ぶってことは」

「神社のことじゃないでしょうか」

遠くからそう言ったのは、カウンターで酒を飲んでいた中年女性だ。恵平がそちらを見ると、間に座る客の向こうで頭を下げた。

「お姉さんは知ってんのかい」

そう訊くダミさんに冷酒をおかわりしてから、

「正解かわからないけど、鹿児島に若宮様という氏神があって……あ、私、論文とか出版する会社に勤めているんですけれど、呑《の》みの席の聞きかじり知識という程度に聞いてもらえれば」

「そうなのかい？　どういう字を書くんだい」

恵平との間にはお客がいるので、ダミさんが代わりに質問してくれる。

「若いお宮と書いて若宮様です。昔、その地域で腸チフスが流行《はや》ったときに、何かの祟《たた》りじゃないかと易見をしたら、殿様の息子が畑で朽ち果てているせいだと出て……ちなみに家墓や共同墓地ができる前には、土地を守るために遺体を畑へ埋めるのも普通のことだったらしいです。そんなこんなで、殿様の息子を氏神様としてお祀《まつ》りしたのが若宮神社なんですよ。そこから派生したのか、祟り神を若宮と呼ぶこともあるみたいですけれど」

「さすがは姉さん、物知りだねえ」

と、感心してダミさんが言う。恵平は（それだ）と、直感した。

——いかん……ありゃ……ワカミヤサマが憑いとるじゃ——

とても不思議な感じがした。あのとき、おばあさんが犯人を見ていたかどうかはわからないけど、何かの悪い気配を感じてそんなふうに言ったのだろうか。それとも私の耳にだけ、変な言葉が聞こえたのだろうか。あのとき不吉な気配を感じられたら、もう少し早く犯人を取り押さえることができただろうか。犯人が交番の前に箱を置きに来たときに。もしくは、誰かが箱をターンボックスに届ける前に。

「聞いたかい？」

恵平の前に戻って来てダミさんが訊く。

「うん。ありがとう」

と恵平は言い、上体を傾けて客の背中越しに女性を見やった。

「ありがとうございました」

女性客は微笑んだ。

「それがなにか問題かい？　今日のあれと関係あるのか」

「ううん。それとは別の話なの」

「ケッペーちゃんも名刺を持たされた途端に色々あって、大変だなあ」

ありがたいことにダミさんは、それ以上詮索《せんさく》してこなかった。

恵平は残りのごはんを呑み込んだ。山椒の話に聞き耳を立てていたらしき女性客がお茶漬けを追加注文し、恵平の隣にいた客も、山椒入りぬか漬けをオーダーした。

酔客の声が頭上を飛び交って、焼き鳥を焼く匂いがし、外からも笑い声がする。澱《おり》のように蟠《わだかま》っていた血と死の臭いが、徐々に流されていくようだった。


会計をすませて店を出るとき、ダミさんは珍しく暖簾《のれん》の下まで見送りにきてくれた。

「また来なよ」と言ったあと、

「ケッペーちゃんさ」と、頭を掻《か》いた。

鯉口シャツからはみ出た腕には朝顔のタトゥーが入っている。ダミさんは週末に女装で親戚《しんせき》のスナックを手伝っていて、その時は着る服に合わせてヘナタトゥーを入れたりするのだ。

「人間も色々だからさ、あんまり思い詰めるなよ？」

凹《へこ》んでいたのを見抜かれて、恵平は言葉に詰まった。

「いいんだぜ？　警察官も人間なんだし」

おーいマスター。と、声がして、ダミさんは店内を振り返る。

「俺っちは逃げねえから、注文があったらためとけよ」

そして恵平にニコリと笑った。じゃあな、とダミさんは暖簾の奥へ戻っていく。

路上で飲む人たちの間を通って、恵平は帰路についた。昼間の喧騒《けんそう》はもうどこにもなくて、いつもと同じ東京駅がいつもの場所に立っている。折り重なるビルが天空に延び、窓の明かりが夜空にパターンを描いている。奇《く》しくも通り魔事件と遭遇したおばあさんは、犯人が纏《まと》った殺気に気付いて若宮様と言ったのだろうか。やっぱりそれは考えすぎか。そもそもあのおばあさんは無事に品川の二葉へ行けたのだろうか。

恵平は足を止めてスマホを出した。

おばあさんが行くと言っていた白蛇神社を調べてみたが、道に迷いそうな場所ではなかった。だから、きっと行けたと思う。

東京駅の前まで来ると、オレンジ色の照明に煉瓦《れんが》駅舎が浮かび上がっていた。朝の駅舎も好きだけど、夜の駅舎は格別だ。雨の夜はもっときれいで、駅前広場の水鏡に駅舎が逆さまに映り込む。あれを見てから雨の日も憂鬱《ゆううつ》ではなくなった。

そんなことを考えながらステーションホテルの貴賓室を眺めているとき、手の中でスマホが震えた。平野からの着信だった。

「堀北です」

——平野だけど、今どこにいる？——

「丸の内側の正面ですけど」

——晩メシ喰《く》ったか——

「ダミちゃんの帰りです。先輩こそ」

俺もようやく署を出るところだ、と平野は言った。

「取り調べは終わったんですか？」

——見てただろ？　俺の出番なんかないよ——

「そうですね」

と、恵平は歩きながら返事をした。平野は少し考えてから、また話す。

——鉄警隊の奥村さんから防犯カメラの映像が来てさ、通り魔事件の様子はバッチり映り込んでいた。ケッペーが犯人を捕まえるところもな。その直前に、紙袋提げて交番出てった婆さんがいたな――

「紫色の服を着てました？」

――そうそう、紫。あんまり派手で目を惹《ひ》いたんだよ。別のカメラにも丸の内側へ行く姿が映ってた――

「品川へ行くと言うので道を教えてあげたんです。よかった。無事で」

――無事だったことは間違いない――

「心配していたんです。ありがとうございました」

平野は少し考えて、国際フォーラムの交差点あたりに居るんだが、と言ってきた。

「わかりました。すぐ行きます」

通話を切って待ち合わせ場所へと向かう。

東京国際フォーラム近くのとある場所には、東京駅うら交番へ続く地下道がある。一見するとビル裏のゴミ集積場のようであり、古い公衆トイレのようにも見える。意識して探さなければ目が避けたがる佇《たたず》まいとも言える。平野も自分も疲れているが、だからこそ親しい仲間の存在が癒《い》やしになって、もしも自分が平野にとってそういう存在だったなら、それは嬉《うれ》しいことだと思う。

交差点の手前で平野を探すと、ポケットに手を突っ込んで気怠《けだる》そうに首を仰向《あおむ》け、信号機の脇に立つ姿が見えた。真夏でもスーツを着る男性は本当に大変だ。青信号になるのを待って通りを渡ると、平野は恵平が追いつく前に歩き始めた。

「お待たせしました、お疲れ様です」

平野は「おう」と背中で答えた。

「疲れているのに……すぐ帰らなくてよかったんですか」

訊《き》くとネクタイをゆるめながら言った。

「こんな気持ちのままで帰れるか。顔見てるだけでもムカつく野郎だ。まともに話はしやがらねえし、浅川さんの顔も見ないし」

平野は全身から怒りを放出した。逮捕後にも犯人と向き合わなければならない刑事の仕事は、想像もつかない悪意と葛藤《かっとう》することの連続なのだ。

「そっちはどうだ。帰って寝たいか？」

ガンガン歩きながら訊いてくる。恵平は、平野と初めて聞き込みに出たときのことを思い出した。あのときも歩幅についていくのがやっとだった。

「いえ。むしろまだ興奮していて……興奮というか、気持ちの置き場がどこにもなくて……独りでいるのが辛《つら》かったので」

「わかる。俺もだ」

と、平野は言った。

「遺体をさ、担当部署が検視するだろ？」

両手をポケットに突っ込んで、平野は苦しそうに空を仰いだ。恵平は思い出していた。鑑識の部屋に並んだ被害者の遺品。特に、子供が描いたお父さんの似顔絵を。

「ポケットや財布から、その人の生きてた痕跡《こんせき》が出てくるじゃんか」

池田マリ子巡査部長がしてくれたように、背の高い平野の後ろ姿を、恵平はギュッと抱きしめたかった。どんなに言葉を重ねるよりも、そうしてもらえた一瞬が雄弁に語ることがある。わかっているよ、辛かったよねと、ぬくもりが辛い気持ちを受け止めてくれるのだ。

「子供さんの描いた似顔絵を見ました」

だから恵平はそう言った。

「そうか……」

と、平野は背中で答える。

「腹立つよな……くだらねえ理由で奪われて」

そしてチクショウと呟《つぶや》いた。いつも頼りがいのある平野の背中が寂しげに見えて辛かった。私が自分を責めたみたいに、平野先輩もやるせないのだと考えた。同じ痛みを共有していることだけが、今の、警察官としての価値だった。

「行ってみるか？」

と、ふいに平野が言った。立ち止まって、振り向いている。

「え」

聞き返す素振りをしながら、恵平は、ここで待ち合わせようと言われたときから平野の考えがわかっていた。うら交番へ誘っているのだ。

平野はクルリと前を向き、古い地下道へ向かって行く。

「俺はいま、無性に腹が立っている。あの人たちに言えると思うか？　今日殺されたのは運命ですって。運命は変えることができないんです。だから諦《あきら》めてくださいと」

けっ、と平野は吐き捨てた。

「冗談じゃねえ。他人に運命決められてたまるかよ。だから行く、行って、自分で確かめる」

平野は恵平の顔を見ながら、後ろ向きになって歩いた。

ケッペーもそうだよな？　と、その目が訊いてくる。

「結局さ、本人に訊くのが一番早いと思うんだよな。毛髪や爪のことも、柏村さんが誰を救いたいのかも。冤罪《えんざい》事件か、未解決事件か、そのあたりも」

「たしかにそうだと思います」

「前に行ったときに話したんだろ？　俺たちが二十一世紀の人間だって」

「言いました。警察手帳を見せたら驚いていたけど、頭ごなしに否定はしなかったので、柏村さんも、ちょっとは疑っていたと思います。私たちのこと」

「だよな？　ならいっそ話が早い」

「でも、いいんですか。先輩は徹夜明けで、今日は色々……」

「だからこそだよ。気力体力メンタル共にズタズタのときは、大抵真っ直ぐ向こうへ行ける。俺は死にそうに疲れているし、ケッペーもメンタルやばい状態だよな」

時間はあまりないのだと、恵平は平野に言われているように思った。向こうでも柏村の死亡する日が刻一刻と近づいている。しかも向こうとこちらの時間の動きは別で、法則すらもわからない。もし、謎が解ける前に柏村が死んでしまったら、自分と平野が一年以内に死ぬジンクスはどうなるのだろう？

ダミちゃんで呑気《のんき》にお茶漬け食べてる場合じゃなかったかもしれない。

恵平は小走りになって平野の背中を追いかけた。

第四章　東京駅うら交番

その地下道入口は、ビルの隙間にひっそりと狭い間口を広げている。凝った意匠も飾りもないが、いつの時代の忘れ物かと思うようなアクリル製の内照式サインが、不気味に仄暗《ほのぐら》く灯《とも》っている。入口の天井は低く、地下へ下りていく階段はコンクリートの打ちっぱなしで、染み出た水で所々が変色し、汚水の成分で盛り上がっている。天井を支える鉄のアームは錆《さ》び付いて、黒ずんだ蛍光灯が天井にあり、切れそうにチカチカするので余計に不気味だ。そこここに張り付いた蜘蛛《くも》の巣には無数の羽虫がぶら下がっているが、巣を掛けた主はもういない。

うら交番へ行かせてくださいと祈りもせずに、平野は階段を下りていく。

恵平も後を追う。

前回は、恵平が独りでここを通ろうとして、意図せず向こうへ呼ばれてしまった。今は平野が一緒だけれど、首尾よく柏村に会えるかどうかはわからない。けれど平野は確信があるらしく、歩調に微塵《みじん》も迷いがない。地下道の中は暗くて、壁も湿って、普段よりも狭く感じる。水抜きの側溝に落ちた蛾が忙《せわ》しなく羽を動かす脇を、恵平たちは通過した。明滅するライトに虫が群がって、足下にも落ちている。

「なんだか前より鬼気迫る感じになってません？」

追いかけて訊《たず》ねたが、平野の端整な横顔は真っ直ぐ前を向いている。前髪が一房額に落ちて、心の疲れを表している。いつにも増してぶっきらぼうなのは、たぶん怒っているからだ。恵平ではなく今日の通り魔に、もしくは通り魔を生みだした何かに怒っているのかもしれない。なすすべもなく一般人を殺されたのだ。恵平ももちろん怒っていたが、強く虚《むな》しさを感じてもいた。交番勤務の警察官は有事に第一線で体を張るが、刑事はそのあと被害者遺族に訃報《ふほう》を伝える役目を担う。それがどんなに辛《つら》くて苦しいことなのか、想像するにあまりある。凶悪事件と関わる限り、自分たちはずっとこんな想いと向き合い続けていくのだろう。

「きっと柏村さんも怒ったんですね。刑事の時は、何度も、何度も」

恵平は平野の背中に言った。

地下道内に染み出た水が、官給の靴をピチャピチャ鳴らす。

「事件のたびに、やりきれなさに震えたんですね」

「だろうな。そしてわからなくなったんだろ。犯人を挙げるだけでいいのかなって」

平野は地下道の先を見てボソリと言った。

「どういうことですか？」

「犯罪が起きたときには被害者がいて、俺たちはいつも後手後手なんだよ」

そうしてチッと舌を鳴らした。

数メートル先に地上へ向かう階段があって、蛍光灯が横道の影を映している。

照明に群がる虫はいなくて、階段の上から赤みがかった光がぼんやりと射し込んでいる。平野が無言で振り返ったので、恵平は頷《うなず》いた。そこで時空が歪《ゆが》んでいるのだ、間違いない。階上から射し込む光は自然光。おそらく、うら交番は夜じゃないのだ。

無言で並び、先へ進むと、階段上から夕日の色が降り注いでいた。

トーフィー……と、ラッパの音がする。

恵平は平野について階段を上った。ガタガタと引き戸を開ける音がして、誰かがサンダル履きで走って行く。『お豆腐屋さーん』と呼ぶ声がして、上から風が吹き下ろす。風は埃《ほこり》と板塀とドブの臭いだ。平野から遅れないように階段を駆け上がる。

朱色の空気に浸されたような、見事に赤い夕暮れだった。真っ赤な空に黒々と、電信柱が立ち並んでいく。

「出たぞ」

と、平野が呟いた。

あの交番が目の前にある。高架下にめり込むような小さくてかわいい交番で、珍しくも入口のドアは閉まっていた。サンダル履きで飛び出して行ったのは『みんなのラジヲ』と看板がある電気店の奥さんらしく、交番と電気店の間にある小路《こうじ》を行った先で、自転車にまたがった豆腐屋と話をしている。次々に人が集まって、豆腐屋は大繁盛だ。（すごいエコ）と、恵平は心で思った。豆腐屋を取り囲む人たちがみな、鍋《なべ》やボウルを持参していたからだ。街は活気に溢《あふ》れて見え、どこかで子供の声がした。

「初めてだよな？　こんな時間にこっちへ出たのは」

「そうですね。他の人が結構いるので驚きました……これってやっぱり、閉じられた世界じゃなかったんですね。本物の昭和でしょうか。今さらだけど信じられない」

そのとき道路の向こうで入口のドアが開いて、うら交番から誰かが出てきた。警官ではないし、柏村でもない。ひょろりと痩《や》せた青年だ。

「あ」

恵平は彼を知っていた。

「おや？　もしや堀北さん？　やっぱりそうだ。堀北恵平さんじゃないですか」

その人は足を止め、左右を見てから道を渡って、恵平の許《もと》へやって来た。二十代前半の青年で、白いワイシャツに吊《つ》りズボン、年季の入ったハンチング帽を被《かぶ》っている。

「どうも。こんにちは。名前を覚えていてくれたんですね」

恵平も頭を下げた。

「そりゃ、忘れるわけないじゃないですか。恵平なんて……」

青年はちょっと考えて、

「折り目正しい名前を持ったご婦人なんですから」

と、付け足した。

地下道出口は交番前の道路を渡った歩道上にある。道路の幅はさほど広くなく、車が通っているのをまだ見たことがない。簡易舗装の道はまばらなフェンスで交番前の空き地と分けられていて、空き地にはポンコツの自動車や、柏村の自転車が置かれているが、今日は自転車がなくて錆びた車があるだけだ。

青年は平野にも目を止めて、挨拶《あいさつ》代わりにハンチングを持ち上げた。

「恵平さんのいい人ですか？」

訊《き》かれて恵平は目をしばたたいた。

「まさか。職場の先輩です」

青年はようやく微笑み、

「初めまして。新聞記者の堀北です」

と、平野に右手を差し出した。

昭和の若者は行動がキザっぽい。これが自分の祖父だと思うと、恵平は不思議な気がした。女の孫に恵平という希有《けう》な名前を与えた祖父はこの時代、トッコーさんと呼ばれる新聞記者の許で見習いをしていたらしい。前に会ったときは、見習い記者の薄給では食べていくのが難しいから、柏村に土工の仕事を紹介して欲しいと頼んでいた。

恵平は事情を知っているが、平野に対しては新聞記者と名乗ったあたりに、祖父の見栄《みえ》を感じて微笑ましくなる。その手をガチッと摑《つか》んで平野が言った。

「公務員の平野です」

ああ、なるほど、公務員ね、と恵平は思った。

堀北清司は恵平を見る。

「やあ、そうですか。恵平さんってお役所の人だったんですね」

(誰だよこいつ)

と、平野が視線で訊いてくる。恵平は青年の隣に並んで立った。

「先輩、こちらがこの前話した堀北清司さんです。前に交番でお会いしたって話しましたよね？　ほら」

（おじいちゃん）

と、清司から見えないように口をパクパクさせて伝えた。

「……あっ――」

と、平野は彼を見た。信じられないという顔だ。

「――あ、どうも初めまして。ケッペもとい、堀北がお世話に……」

何のお世話もしていないので、清司は困ったふうな顔で笑った。

「それにしても」

と、平野の服装をマジマジと見て、

「平野さんが着ておられるそれは、どこで仕立てたスーツです？　ハイカラですねえ」

などと言う。

「安物ですよ」

平野がそう答えたので、恵平は可笑《おか》しくなった。

汎用《はんよう》性スーツの機能は日進月歩で向上している。貯金をはたいて銀座《ぎんざ》でスーツを仕立てた時代の清司には想像もつかないことだろう。深く説明ができないので、恵平は話題を変えた。

「清司さんのほうはどうされたんです？　今日は交番に新聞の取材で？」

するると清司は真面目な顔になり、

「ええ。そうなんですが、柏村さんはお留守ですよ」

と教えてくれる。恵平は平野を見た。柏村がいないのにうら交番へやってこられたとは、いったいどういうことだろう。

「パトロールに出てるのかしら」

訊くと清司はさらに深刻な顔をして、

「いいえ。それが、事件のようなのです」

キョロキョロと周囲を窺《うかが》い、道向こうの空き地へと二人を招いた。

交番は高架壁を貫くトンネル小路の脇にあり、小路脇に立つ電気店と交番以外は道路に沿って高架壁が続いている。現代の道路は歩道と車道を分けて整備されるが、この当時は境界線が曖昧《あいまい》だったらしく、うら交番の前は砂利敷きのデッドスペースになっていて、そこにオンボロ車が止めてあるのだ。

恵平と平野は清司に招かれるまま、廃車と壁の隙間に入り込んだ。

「なんですか、事件とは」

平野が訊いた。

「ほら、あれですよ」

と、清司が答える。『あれ』と言われてもこの時代の人間ではないから見当もつかない。二人の反応の鈍さを見ると、清司はポケットからメモ帳を出した。記者らしく、舐《な》めた指先でページをめくりながら言う。

「少し前に警察官バラバラ事件が起きたじゃないですか」

その事件については知っていた。本署からの入電を受けた柏村が応援に駆り出されたとき、偶然にも恵平たちはうら交番にいたのだ。

「日本橋川の事件のことですね？」

川の中州に切断された男性の胴体が流れ着き、それが警察官になったばかりの青年の遺体だったことが後にわかるが、二十一世紀の現在も未解決とされている事件だ。

「そうです、そうです。あんなのがまた起きて、柏村さんが野上署へ呼ばれていったらしいです」

恵平は眉《まゆ》をひそめた。

「また起きたって、どういうことですか？」

清司は首を伸ばして周囲を見てから、廃車の後ろに体を屈《かが》めて、

「恵平さんは知らないでしょう？　ああ見えて柏村さん、ここへくる前は野上署の敏

腕刑事だったんですよ」

と囁《ささや》いた。

「知ってます」

清司は目を丸くして、でも、こっちの話は知らないだろうという顔をした。

「そのときの部下というか、柏村さんが仕事を教えた若手刑事がいたんですけど」

メモ帳を見て「永田哲夫って男です」と、言い足した。

「その刑事さんが殺されたとかで」

恵平と平野は視線を交わす。清司は続ける。

「それで柏村さんが野上署に呼ばれて、事情を聞かれているんですって。永田って男はけっこうやり手で、でも、若いから無茶する傾向もあったみたいで」

「それ、柏村さんが言ったんですか？」

「いいえ、たったいま留守番のお巡りさんから聞いた話の受け売りですが」

と、清司は笑う。記事にするときのために話を聞いてきたようだ。

「その刑事の遺体も川から上がったんですか」

平野が訊くと、清司はハンチングの下で目を光らせて、

「おやおや。今どきのお役所さんは、こんなゲテモノ話を聞いても怯《ひる》まないんですね。

嫌がられるかと思ったのに、逆に食いついてくるなんて」

恵平や平野は警察官だが、堀北清司はそれを知らない。事件の話に興味を示す一般人は、やはり珍しいのだろう。彼は指先で鼻をこすって、

「残念ながら違うんですよ。死体はまだ見つかっていないんです」

平野のほうへドヤ顔を向けた。

「死体がないのに殺人事件とわかるんですか？」

恵平が訊《き》くと、今度はやや丁寧に、

「見つかったのは大量の血痕《けっこん》だけだそうですよ。それで柏村さんが捜索に……要約すると、その刑事が出勤してこないので、同僚が下宿を訪ねてみたところ、敷きっぱなしの布団の下から夥《おびただ》しい血痕が見つかったというのです。血液型は失踪《しっそう》した刑事と同じだし、本人の行方もわからない。ただし、血液の量からするに、生きている可能性はないだろうということでした」

「まさか……警察官を狙った連続殺人事件とかですか」

恵平は不安になって拳《こぶし》を握った。

「さあ、それはわからないけど。もしもそうなら、ぼくは別件でここを訪ねて、大ネタを拾ったってことになる」

清司は興奮しているようだった。

恵平は祖父の思い出と比べてみたが、覚えているのは好々爺《こうこうや》だった姿ばかりで、若さにギラついていた頃の記憶があるはずもない。

お祖父《じい》ちゃんはお洒落《しゃれ》で静かな人だった。話すときは相手の目をじっと見て、かみ砕くように言葉を選んでいたように思う。長い人生を営むうちに、人は穏やかに変化していくものなのだ。

「そういえば、追加のお仕事はみつかりましたか？」

若い頃の祖父と関わることは思い出を塗り替えていくことだ。何がいいとも悪いとも言えないのだけれど、恵平はまたも話題を変えた。前に会ったとき堀北清司は着流しに股引《ももひき》姿だったが、今日はそれなりに職業人の服装なので、生活は向上したのかもしれない。そうだったらいいなと思った。

清司はチラリと平野に視線を移し、恵平には照れ笑いをした。

「おかげさまで、丸の内側に新築中のビル工事を手伝うことになりました」

「よかったですね」

脇から平野が口を出す。

「堀北さんはさっき別件と仰《おっしゃ》ってましたが、他にも事件があったんですか」

一般人と自称した場合はどんな態度を取るべきだとか、平野はまったく頓着《とんちゃく》せずに刑事の顔で訊いている。清司は帽子を脱いで胸に抱き、ズボンのポケットに手を突っ込んで、折りたたんだ紙を引っ張り出した。

「あったというか、個人的に興味のある事件を追っていまして……お二人はたぶんご存じないと思うけど、神懸かりが起こした事件です。すでに解決していますけど……実はぼく、紙面の一部を担当させてもらえることになったんですが、上司からカストリ色の強い記事を書くよういわれているんです」

高度成長期に入ったこの時代、最先端の技術や情報が流入し続ける大都会と、未《いま》だ迷信や因習がはびこる地方との差は開くばかりだったと聞いている。東京には地方から人が流入し、新旧の技術や思考が入り混じる状態になっていた。生活が向上し、ゆとりが生まれ、そうなると、人は激しく娯楽を求めた。安価な紙や印刷を用いて低俗なエログロ猟奇を売りとするカストリ雑誌が生まれ、密《ひそ》かに、しかもすみやかに、読者やファンを獲得したのだ。

「そのひとつがこの事件です」と、清司が出したのは、

【祈禱《きとう》師が殺人　農婦治療の最中に】

と小見出しのある地方新聞の切り抜きだった。

平野が受け取ったそれを、恵平も横から読んでみた。

――十九日。朝五時頃。何野某子さん（四十二）が自宅の寝室で死んでいるのを夫が発見して同村診療所の○○医師を自宅に呼んだ。医師が確認したところ、某子さんの全身に打撲や火傷《やけど》の痕跡《こんせき》らしきものが認められたため、最寄りの警察署へ届け出た。

同署の調べによると、某子さんは去る十三日深夜から意味不明の言動をして暴れ出し、家族の依頼を受けた同村どこそこの祈禱師が某子さん宅に泊まり込んで憑物祓《つきものはら》いの治療をしていた。祈禱師は家族らとともに某子さんを裸にしたうえ、真っ赤に焼いたコテを当てるなどして呪文《じゅもん》を唱えていたという。

家族は本当に治るものと信じて苦しむ某子さんの体を押さえつけていた――

「なんなのこれ？」

と、恵平は呻《うめ》いた。

「この手の事件をぼくは『妄信《もうしん》殺人』と呼ぼうと思うんです」

「要するにリンチだろ」

と、平野が言う。

「いいえ、それとはちょっと違います。関わった人たちは誰一人として、殺人を犯したと思っていないわけで、そこが特徴的なんですよ」

「どうして？　普通は死ぬってわかるでしょ、殴ったり、酷《ひど》い火傷をさせたりすれば」

「恵平さん、そこなんです」

清司は帽子を被《かぶ》り直すと、手刀を切って平野から新聞の切れ端を回収した。

「柏村さんならこういう話に詳しいと思って取材に来たのですけど、ダメでした。ぼくが調べたところでは、昭和の今でさえ、こうした事件はこれを含めて四件も起きてます。田舎だけじゃなく都内でもあって、昭和二年に本所《ほんじょ》でキツネに憑《つ》かれた主婦が祈禱中に心臓麻痺《まひ》で死亡したりしているんです」

「たしかにカストリっぽい事件ではあるな」

「女性の恵平さんには言いにくいですけど、絵描きも仕事をしやすいですし、目を惹《ひ》くものは売りやすいので」

真偽のわからない憑物に怪しい術者、被害者が全裸の美女というのなら、確かに一定読者に受けそうだとは思う。けれどもそれは実際に生身の人間に起きたこと。

「エロでグロなら被害者がいても売り物にするんですか」

そこに倫理はあるのかと、恵平は祖父を睨《にら》んだ。

「いえ、決してそうではありません。参ったな……」

清司は赤い顔をして語気を強めた。

「あのですね。会社の方針はそうだとしても、そこは敢《あ》えて否定しませんが、ぼくとしては真実を知りたく思うんですよ。普通、人は死んだ人間が生き返らないと知ってますよね？　でも、こうした事件に共通するのは、複数の人間が」

そう言ってメモ帳を見る。

「いいですか？　たとえば福岡の祈禱所で起きた事件では、現場に三十名近くの信者がいたにも拘《かか》わらず、死後四ヶ月も経った遺体と共同生活をして、口移しで水や食べ物を与えて、誰も不審に思ったりしていないんです。全員が、死者はまだ死んでいなくて眠っているだけだから、治療が終われば元気になって生き返ると証言している」

「げ」

と、平野が小さく唸《うな》った。清司はたぶん知らないだろうが、警察官の恵平や平野は四ヶ月の間に遺体が遂げる変貌《へんぼう》を知っている。清司の言うことが正しいのなら、その人たちは全員おかしい。

「ぼくが思うに、なにか集団的な心理が働いたんじゃないのかと。それか、死んでいる人を生きていると思い込んだのは、真実を認めるより嘘を信じる方が楽だったからじゃないのかと、そういう切り口で事件の記事を書きたいのです。そりゃ、客寄せみたいな欄を担当させられたことは不本意ですけど、でも、チャンスはチャンスなのだから、あとはペンの力を使って、編集長が思った以上の成果を上げればいいわけでしょう？　そこをきちんと暴いていけば、同じような罠《わな》に陥る人が減っていくかもしれないし」

それでこそお祖父《じい》ちゃんだと、恵平は嬉《うれ》しくなった。

「そうですね。がんばって」

思わず親しげに言ってしまうと、清司はすごく嬉しそうな顔をした。

「じゃ、ぼくはこれで。社に戻って野上署の刑事が失踪《しっそう》中だとトッコーさんに言わないと」

「自分で摑《つか》んだ特ダネなのに、ものにしないんですか」

平野が訊《き》くと、清司は照れくさそうに笑った。

「平野さん。実は……さっきは見栄を張って新聞記者だと言いましたけど、ぼく、正式にはまだ見習いの使いっ走りで、社会面の記事なんて書かせてもらえないんですよ。小さなカストリコーナーが、ぼくの初めての仕事です」

それじゃ、と、ハンチングを持ち上げて、清司はどこかへ走って行った。

豆腐屋のラッパも遠ざかり、あたりは日暮れて、空はどす黒い赤に変わった。柏村のいない交番は入口が閉まったままで、軒下に吊《つ》られた赤いライトが点《つ》くのを見ると、恵平は平野に言った。

「今回ここへ来られたのは、柏村さんではなくお祖父ちゃんに会うためだったんでしょうか」

「なんでだよ。今までだって事件があるたび俺とケッペーがここへ来て、柏村のオッサンは必ず事件に対するヒントを……」

そこで平野は言葉を切った。

眉間《みけん》に縦皺《たてじわ》を刻んで何事か考えている。話し込んでいた空き地に放置された廃車はダットサンで、固そうなボディに赤錆《あかさび》が浮いていた。中身のはみ出た革張りシートをウインドウ越しに眺めて平野が呟《つぶや》く。

「そうだよな、いつもは必ず事件のヒントを……いや……まてよ」

はみ出た中身は黄色いスポンジで、座面からスプリングが突き出している。平野はそれらをじっと見て何事か考えていたが、しばらくしてからこう言った。

「そうか、やっぱりヒントをくれたのか」

「ヒントって、何のヒントですか？」

乱れた前髪を掻《か》き上げて、平野は恵平を見下ろした。夕日が真っ赤に反射して、平野の瞳《ひとみ》に自分が見えた。無防備で、何も考えていない顔をしている。

「心臓だよ……」

言いざま平野はスマホを出したが、もちろん電波は届いていない。

「くそ、向こうはいったい何時になってる？」

言うが早いか車の陰を飛び出して、地下道入口へ走って行く。

「先輩」

置いて行かれそうで恵平は焦った。

「先輩、心臓ってなんのことです？」

訊いても平野は答えない。

「ケッペー、急げ」

と言うだけだ。電気店から歌謡曲が流れていて、それがなんだか呑気《のんき》な調子だ。恵平はわけもなくゴキリと肩を鳴らした。肩関節を自由に外せることが恵平の特技だが、実生活ではあまり役に立つことがない。せいぜいが、遅刻しそうなとき汚い隙間に体をねじ込み、建物と建物の間を通り抜けて近道ができる程度だ。服が汚れてしまうので、最近は遅刻しないように気をつけている。

地下道の階段を下りるとき、ヒューッと花火の音がした。こちらでは花火大会の日だったろうかと思ったけれど、確かめる間もなく階段を下りて、地下道を走っていく平野を追った。

「どうして、何に気がついたんですか？　平野先輩」

地下道は人気《ひとけ》がない。明滅する電気が気味悪く壁を照らして、コンクリートから染み出す水がテラテラ光る。ところどころは小便臭く、闇は前方で丸く途切れる。

「妄信殺人だよ、ケッペーの祖父《じい》ちゃんが言ってたろ？　関わった人たちは誰一人、被害者が死ぬとも、死んでいるとも思わなかったと」

「それがどういう」

平野は足を止めて振り向いた。半歩戻って恵平の腕を摑むと、引っ張って走り出す。

「バカか、気付けよ、心臓だ。あれは通り魔の野郎が置いたものじゃないかもしれない。だから木箱に入っていたんだ。あれがもし、本当に人の心臓だとして」

恵平はハッとした。そんな、まさか。そんなことが。

「お祖父ちゃんの話と同じだと思うんですか？」

「その気で防犯カメラの映像を見ないと。誰かがアレを交番の前に置きに来たとか、そんなの探しても無駄だったんだ。わざと置いていったんじゃなく、通り魔事件に動揺して逃げた拍子に落としていったんだ」

「手放すつもりはなかったんですね」
「そうだ。似たような事件は平成でも起きたし、昭和の終わり頃にも酷《ひど》いのがあった
と伊藤さんから聞いたことがある。自分に悪魔が憑いたと信じ込んだ男が妻と従兄弟《いとこ》
に殺されて、全身を細切れにされたんだ」
「嘘でしょ」
「嘘じゃない」
地下道に煙草の吸い殻ゴミを見かけなくなったあたりまで来ると、平野はようやく
恵平の腕を放した。そこからは早足になる。
「遺体は骨から全ての肉片をそぎ落とされるほどの惨状だったが、警察が踏み込んで
も二人は作業をやめなかった。本人の体内から悪魔を追い出すために細切れにして清
めていたそうだ。完全なトランス状態に入っていたらしい」
「どうしてそんな……」
「理解しようと思うなよ。本人たちは被害者を救うためにやったと言ってんだから」
「ああ。どうしよう……あの心臓もそうだったなら」
恵平を見下ろして平野は続ける。
「犯人も、周囲も、それを事件と認識してない。だから公然と持ち歩けるんだ」

恵平はうまく返答できなかった。人は心臓なしに生きられないから、あれが人間のものなら誰かが死んでいるのは間違いない。けれど、周囲がそれを死と認識していなかったなら？　そんなのあり得ないと思ってしまう。だって、もしもそうだったなら、あれで何をしようというのか。

「ちょっとよく、何を言われているのか、わかりません」

「祖父さんの話を聞いたろう？　荒唐無稽《むけい》でバカな話だと思うが、死んだことを認めるよりも、生き返ると信じることを選んだほうが楽だというのは、なるほどなと思った。そういうことはあるかもなって」

死んでいるのに生きている？　信じる心とそうでない気持ちが複雑に入り混じり、信じることしかできなくなる。そういう心理はわかる気がする。誰だって信じたくない。大切な誰かが死ぬことは。もしくは間違って相手を殺してしまったなどとは。

「平野先輩の言うとおりなら、落とし主はあれの中身を理解して、その上で探しているってことですね？　悪いという自覚がないから」

「血眼になって探し歩いているはずだ。最後に来るのが」

「東京駅おもて交番」

二人同時に言った時、地下道の出口が見えてきた。

その先に自分たちの時代があることは、外へ出ずともわかっていた。現代の東京の、排ガスと脂の臭いがしていたからだ。わかっていても平野は急ぐ。恵平も同じ気持ちで後を追う。令和と昭和がなぜ重なって、どんな理由で時空が歪《ゆが》み、自分たちがそこを行き来するのか。なにひとつ理由がわからないままに、あちらとこちらが近づいている感覚だけがある。二つの世界が近づきすぎて自由に行き来できるようになってしまったら、自分や平野が向こうへ行くように、向こうからも誰かがこちらへ来てしまうとか。

恵平はハッとした。

もしもそれが凶悪事件の犯人だったら、その人物は警察に追われることなく、未来の『現代』に紛れ込めるのだ。どうして今までそのことを不安に思わずに来たのだろう。過去に起きた未解決事件の犯人が逮捕されなかった理由が、タイムスリップにあったとしたら？

階段を駆け上がってビル群とその間を走る現代の車を目にしたとき、こちらへ戻れたという安堵感《あんどかん》よりも、恵平は自分の考えに怯《おび》えていた。

「戻れた。時刻は午前零時十八分だ」

ムッとする熱気と、日が沈んでも下がらない気温。アスファルトの臭いとさざめく光。平野がスマホを確認したとき、恵平は正面に回り込んで平野に言った。

「とんでもないことに気がつきました」

「は？」

と、平野は眉《まゆ》をひそめる。

「私たちが向こうへ行けるように、向こうからもこっちへ来られる人がいるんじゃないかと——」

「まさか」

笑おうとして平野は地下道を振り向いて唇を歪めた。

「——その可能性をどうして今まで考えなかったのか。でも、当然考えてみるべきでした。こっちから行けるのならば」

「向こうからも来られるってか」

「先輩はどう思いますか？　それがもしも凶悪犯で、こっちの世界へ逃亡してきたとして、警察がどんなに追っても見つけることはできないし」

自分の額に指を当てて平野は地下道入口の手すり部分に背中を預けた。

「……たしかにな。もしかしてそれがうら交番の秘密ってか」

「どんな秘密ですか」

「俺たちに時空警察みたいな真似事をさせようってわけじゃないよな？　てか、そもそも向こうからこっちへ来たヤツなんているのかよ」

「わからないけど可能性はあるんじゃないかと」

ポケットからハンカチを出し、平野は額の汗を拭《ぬぐ》った。現代の東京の暑さと湿気はやっぱり異常だと思う。

「どうやったらそれを調べられるんだ？　ていうか、過去の犯罪者がこっちへ逃げてきたとして、そいつにしたら別世界だろ。浦島太郎《うらしまたろう》も真っ青の」

「むしろ生きやすいかもしれません。他人に関心ないんだし、見慣れない人がいても通報しないし、ホームレスに紛れたり、素性を隠して臨時で働くことだって」

「うーん」

平野はガシガシと頭を掻《か》いた。

「くそ、寝不足で頭が働かねえ。ケッペーの言う通りかもしれないが、そうなったらどうなって、何が問題になってくるのか想像できない」

「柏村さんが追いかけている事件の犯人が現在に逃げていて、だから私たちが呼ばれたんじゃないかと、ふと思ったんです。未解決事件の犯人が今のこっちにいるんじゃないかと」

平野は「ああ」と口を開けた。

「なるほど一理あるかもな。ケッペーを『今』の人間と知った柏村さんが、その可能性を考えたってことはある。待てよ、だとしたら、柏村さんがどの事件の犯人を追っていたかを調べてみればいいんじゃないか？　あー、くそ！　やっぱり本人の口から聞くのが一番早い」

「会えなくて残念でしたね」

と、恵平が答えたとき、ポケットでスマホが震えた。

「真夜中だぞ。ピーチかよ」

と、平野が言う。スマホを出すと、桃田ではなく伊倉巡査部長からだった。

「はい。堀北です」

――おもて交番の伊倉だ。真夜中に悪いな――

「巡査部長です。夜勤なので」

恵平は平野に言った。

「起きていたから大丈夫です。どうしましたか？」

――落とし物の主が交番に来た。山川が応対しているが、いちおうな、おまえに知らせておこうと思って――

「ああ、やっぱり……それってどんな人ですか」

と、恵平が訊《き》く。

――紫色の服を着た婆さんだ。山川が、昼間の婆さんだと言っている――

雷に打たれた気分で、恵平は平野の顔を見た。

「紫のおばあさんが今、おもて交番に」

「なに？」

と、平野は体を起こし、恵平に「行くぞ」と言った。

そんな……うそだ……恵平は心底怯えた。麦茶を飲んでいたおばあさん。小さくて、丸くて、普段着に紫の上着を羽織っていたおばあさん。白髪を後ろでひとつに束ね、履き古した靴で、紙袋を持って、そういえば……思い出していくと、シャツについていたシミの意味が違って思えてゾッとした。

「引き留めておくよう言ってくれ。俺は鑑識に電話する。あれが何の心臓だったのか、先に確かめておかないと」

そして自分もスマホを出して電話を掛けた。その横で恵平は言う。

「伊倉巡査部長。私、今から平野刑事とそちらへ行きます。おばあさんを引き留めておいてください。心臓の箱のことは話したんですか？」

――山川がお茶を出して婆さんから遺失届出書をもらってる。山川はY口26番さんと話すようになってから年寄りの扱いに自信をもったんだ――

Y口26番さんはホームレスのメリーさんのことだ。以前はペイさんやホームレス仲間以外では恵平としか口を利かなかったが、ここ最近は山川とも話をするようになり、山川はそれを自慢にしているのだ。

――落とし物の中身については、訊《たず》ねても箱が入っているとしか言わない――

交番へ向かって歩きながら、恵平は訊く。

「中を知られて困るような素振りは？」

――そういう感じは全くない。むしろ、なんというか、必死で疲れ切ってオロオロしている。今にも泣き出しそうなくらいだ。聴取には素直に応じて、名前も年齢も住所も話した。嘘は言っていないと思う。聞けば何時間も電車を乗り継いで兵庫から来たようで、トンボ返りの予定でホテルも取ってないようだ――

通話を終えると、恵平は伊倉と話したことを平野に伝えようとしたが、平野はまだ電話で話している。

「間違いないですね？　わかりました。俺は……今からちょっとおもて交番へ」

歩きながら恵平を見下ろし、

「はい。はい、わかりました。大丈夫です」

と言って通話を切った。

「鑑識に電話した。箱の中身はやはり人間の心臓だった。血液型はA型で、五十代くらいの男性らしい。心臓自体に異状は見られず死因は不明。切断面は比較的きれいだが、医療経験者の切り方ではないそうだ。死亡日時も不明だが、経っても一日から三日程度だろうという話だ。冷蔵保管されていなかった場合は一日程度。DNAの鑑定結果はまだだ」

恵平は「ふーっ」と鼻を鳴らした。山川が風呂敷包《ふろしきづつ》みをひらいたときの、凄《すさ》まじい臭いを思い出したからだった。

「おばあさんは山川先輩が足止めしてくれてます。遺失届出書をもらって、住所も名前もわかったようで、隠すとか逃げるとかの素振りはないみたい」

「落とし物の中身はなんだと言ってる？」

「箱としか言わないみたいです。疲れ切ってオロオロしていると。兵庫県の人らしいですよ」

「ずいぶん遠くから来たんだな」

二人一緒に東京駅の東口を目指す。この時間に地下道を通ると入口が閉鎖されているところがあるので、どこかで地上に出ないと交番へは辿《たど》り着けない。シャッターが下りて人通りも途絶えた地下街はひんやりとして、異空間のように思われる。大勢の人が行き交うときには気にならない広さがしんしんと胸に迫ってくる。平野と自分の靴音がどこまでも遠く響いていく。物陰から暴漢が現れても追いかけっこができるくらい広いのに、その広さが不安をかき立てる。点いている照明の数も制御され、薄暗いから尚更《なおさら》だ。

うら交番へ続く地下道は狭くて暗くて汚いが、整然としてだだっ広い現代の地下街のほうが生活感を感じない分だけ怖い気がする。そんなことを考えていると、平野のスマホがけたたましい音を鳴らして驚いた。

「ピーチだ」

歩きながら平野が言った。

「ピーチ先輩は帰りましたよ。七時頃だったと思うけど」

「知ってるよ」

そう言いながらスワイプしている。

「メールを転送してきた」

「誰のメールですか？」

自分には関係ないかもしれないと思いながらも訊ねると、平野は幾分か歩調をゆるめて、

「神社へ行くと言ってたんだよな？　その婆さんは」

「はい。道を訊かれたときには」

「もはや性癖と言っていいと思うが、ピーチが婆さんのことを神社へ問い合わせたらしい」

そんなことまでしてくれていたとは。恵平は改めて二人の先輩たちの、捜査に対する執念を見せてもらったように思った。

「すごいなピーチ先輩は。ただの興味じゃないですもんね」

「言ったろ、性癖だ」

と、平野が呆《あき》れている間に恵平のスマホにも着信があった。

「私にも来ました」

──桃田です　神社から返信が来たので送ります　(平野にはさっき送った)

本日午後　紫色の服を着て紙袋を提げた高齢女性が神社を訪れていたら　その様子と何をしに行ったかを教えて欲しいと頼んだら　今ほどメールで返信がきたので転載

します　この神社　憑物《つきもの》落としで有名らしいよ

＊＊＊＊＊＊＊

警視庁丸の内西署　桃田亘様

前略　お問い合わせの件につきまして　諸事情でお返事が遅くなりましたことお詫《わ》び申し上げます　お問い合わせのご婦人は　本日午後　たしかに当社お祓《はら》い所にお越しになりました　ただし奉職の女性職員によりますと　特別なにをするということもなくお帰りになられたそうです　当社におられた時間は十分程度で　慌てたご様子だったとのことでした　念の為　社務所の防犯カメラ映像を添付いたします　何かございましたら　事務局の岸垣（きしがき）までお申し越しくださいませ

白蛇神社　岸垣明彦

＊＊＊＊＊＊＊

添付映像で紫色の服を着たおばあさんを確認しました　写真を添付——

老女の写真が添付されている。

「間違いありません。あのおばあさんです。お祓い所に行ったんですね」

言いながら恵平は、さらにゾッとするような気がした。

東京駅東口付近から地下街を出ておもて交番へと急ぐ。時刻は午前一時過ぎ。すっかり人通りの絶えた駅周辺では、タクシー乗り場の明かりと交番の明かりだけが煌々《こうこう》と照っていた。歩道から階段を上がった先はガラスのドアで、背中を丸めて椅子に横になっているおばあさんの姿が見える。向かいに山川が立っていて、カウンターの中には伊倉巡査部長の姿があった。

先に平野が階段を上り、恵平が後をついていく。交番の扉が開くと山川は顔を上げて平野を見たが、おばあさんは椅子で眠っているようだった。

「お疲れ様です」

囁《ささや》くような声で平野が言って、恵平も頭を下げた。

「近くに居たのか」

と伊倉が訊《き》く。

「ええ。ちょっと調べ物をしていたもので」

平野と伊倉が話しているので、恵平は山川に訊《たず》ねた。

「聴取は終わったんですか」

「うん。訊くべきことは訊いたよ」

山川は恵平にも、

「鑑識から結果を聞いた？」

と訊ねた。心臓が本物だったことを知っているかと問うたのだ。

「はい。さっき」

と、恵平は答えた。後ろで伊倉が平野に話す。

「一晩中ここってわけにもいかないからな、署の留置場に電話したんだが」

「俺が連れて行きますよ」

と、平野が答える。おばあさんは眠りながらも紙袋を提げている。紐《ひも》の部分に腕を通して、体で抱くように膝《ひざ》の上に載せているのだ。

「暑いし、疲れてしまったんですね」

「少なくとも留置場ならベッドがある。起こすか？」

伊倉が言うと、平野が訊いた。

「あっちの件はどうすることになったんですか」

「向こうに行ってからだなあ」

伊倉は立ち上がって老女の様子を覗《のぞ》き見る。

「中身については言わないんだが、それ以外のことはなんでも話す。俺にはさっぱりわけがわからん」

「神社へはお祓いを受けに行く予定だったんだって。それがほら、あんなことがあったから、向こうに着いてから落とし物に気がついて、一日中捜し回っていたって言うんだよね。あれがないと家に帰れないんだって」

「念の為に駅のお忘れ物承り所に問い合わせてみたら、本人が確かに来たと言っている。書類も出してあったらしいが」

「家族には連絡してみたんですか？」

平野が訊いた。

「電話したが、出ないんだ。署からもう一度かけてみてくれないか」

そう言って書類のコピーを平野に渡す。恵平は眠っているおばあさんを見下ろした。色褪《いろあ》せたデッキシューズが埃《ほこり》まみれになっている。構内は迷路のようだから、相当な距離を歩いたのだろう。いずれにしても詳しい事情を聞くことになる。場合によっては風呂敷包《ふろしきづつ》みに入った木箱の中身を確認してもらわなければならない。そうとは考えにくいけど、万が一知らずにあんなものを持ち歩いていたのなら、目にしたとたんに心臓発作を起こすのではないか。だんだんと心配になってくる。

正面に屈《かが》み込んだとき、おばあさんが目を開けた。

「いかん。眠ってしもうた」

言うが早いか、確かめたのは紙袋の存在だ。右腕に二つ、左腕に二つ、それぞれを見てから、安心したように座り直した。

「こんばんは」

と、恵平が言う。

「私のことを覚えていますか?」

おばあさんは顎《あご》を突き出すようにして恵平を見て、

「覚えてますよ。昼間のお巡りさんだね」

と、頷《うなず》いた。

「大変な一日で、疲れましたよね。大丈夫ですか」

平野も隣へ来て言った。

「遺失物ですが、本署のほうでお預かりしてます。少しお話を伺いたいので」

「ほんとかね?」

おばあさんは腰を浮かした。

「克彦《かつひこ》は無事か」

その瞬間、山川がお漏らししたような顔をこちらへ向けた。恵平も、たぶん平野もゾーッとしたが、二人は敢《あ》えて何も言わない。おばあさんは両手を合わせ、それを上下にすり合わせながら涙を流した。

「ありがたや……どこではぐれてしまったのかと」

ゴクリと平野《の》の喉《のど》が鳴る。

恵平も息を呑み、会ってきたばかりの祖父の言葉を思い出していた。

――関わった人たちは誰一人として、殺人を犯したと思っていないわけで、そこが特徴的なんですよ――

思っていない、思っていない、それどころか信じていると彼は言う。死んでいる人を生きていると思い込んだのは、真実を認めるより嘘を信じる方が楽だったからじゃないのかと。恵平は拳《こぶし》を握り、そして老女にこう訊いた。

「克彦さん？」

「そうだぁ。おれの息子だぁ」

死者に口移しで食べ物や水を与え続けていたという人たちのことを思い出す。悪魔を体から追い払うため、警察が踏み込んでも解体を続けていたという人の話も。信じる人と話すなら、信じて話すほかはない。真実を認められずに虚構の世界にいる相手には、そうしなければ答えてもらえないこともある。――手綱さばきが肝心なんだよ

――と、頭のなかで伊藤が言った。

「克彦さんはどうされたんです」

「おかしくなっちまったんだぁ」

そう言うと、老女は紙袋をさすり始めた。

サーッと平野の顔色が変わる。恵平も足からくずおれそうになった。山川は口をパクパクさせて、伊倉はじっとこちらを見ている。紙袋も中身を確かめないと。けれども今ここで強引にそれを進めるならば、おばあさんは警戒し、なにも話さなくなってしまうだろう。交番前の信号が赤色に変わって、歩道に血の色が映り込む。浅く呼吸して、恵平は訊いた。

「だから神社へ行ったんですか？」

「そうだ。でも、どっかへひとつ落としてしまって、今日のところは出来なんだ。明日《あした》こそ蛇を返さんと」

伊倉がそっと席を立ち、バックヤードへ忍んでいった。本署に電話するためだ。

「神社へ行くと克彦さんは治るんですか？」

「治る」

語気を強めて老女は言った。その瞬間だけ、恵平は彼女の妄信を見せられた気がした。もっと早く気付いてあげるべきだった。紙袋が重そうだと思ったときに。そこから布が覗いていたときに。そして……。

「おばあさん。ひとつ訊いてもいいですか？　いえ、克彦さんのことじゃなく」

恵平は、この人から見えている自分がなるべく誠実でありますようにと祈った。間もなく壊さなければならない虚構世界を頭ごなしに否定する人間に見えないようにと願っていた。お祖父《じい》ちゃんとおんなじだ。私も真実を知りたいんだ。平野先輩は理解しようと思うなと言ったけど、この人が何を考え、何にすがって、なぜ息子の心臓を抱いていたのか理由を知りたい。理解できなくてもいいから知りたい。

「若宮様ってなんですか？」

「はあ」

と、老女は顔をしかめた。

「昼間おばあさんがここへ来たとき、ここから通りを見てましたよね？」

「ああ」

老女は二度ほど頷いた。

「そのときに、若宮様が憑いているんじゃないかって、そう言っているのを聞いたんですけど」

「おれの言ったとおりだったろう」

悪びれもせずに老女は言った。むしろ善良そうな顔で恵平の瞳《ひとみ》を覗き込んでくる。その目には得体の知れない力強さがあって、恵平は魂をギュッと摑《つか》まれた気がした。

「若宮様ってなんですか」

もう一度訊《き》くと、老女は答えた。

「怨《うら》んで、怨んで、死ぬこともできねえ魂のことだよ。高貴なお方が卑しめられて、長く怨んで人を呪って、人に憑いては悪さをするのだ。追い出してやらねば他人様《ひとさま》を傷つけるし、自分も傷つく」

「誰かに憑いていたんですか」

「憑いてたろうが。恐ろしいことだ。そこを行く」

と、老女は道を指さして、

「兄ちゃんの背中にくっついてるのがおれには見えた。はっきりと」

と、言い切った。恵平はゾッとした。老女は続ける。

「克彦にも憑いたんじゃ……それだけじゃねえ、克彦には蛇も憑きおった。だから一日中暗い部屋から出られなくなって、夜には若宮様が大暴れして、ほれ」

紙袋の取っ手を少しずらして、老女は自分の腕を恵平に見せた。

クッキリと指の跡がついている。誰かに強く掴まれた跡だ。どす黒く変色し、爪で引っかかれた部分が瘡蓋《かさぶた》になっている。次には首を傾けて洋服の襟を引っ張った。首を絞められた痕跡《こんせき》と、身を守るために老女が自分でつけた吉川線《よしかわせん》まで見て取れた。

その後、紙袋を抱きしめて、老女はさめざめと泣き出した。

「優しい子だったんだ……克彦は、ほんとに優しい子だったんだ……だからだよ。悪いモノが寄って来て、あいつに入ってしまったんだ」

「婆さん、神社へ何しに行ったんだ？」

平野が訊いた。努めて優しげな声を出そうとしている。

山川がティッシュを抜いて恵平にくれたので、恵平はそれを老女に渡した。性急に荷物を改めようとする者は一人もいなくて、恵平は、この署に配属された幸運を噛《か》みしめた。

老女は洟《はな》をかんでから涙を拭《ぬぐ》うと、静かに言った。

「克彦にくっついた蛇を返しに行った。今日はダメだったが、明日また行く。若宮様は離れたが、まだ蛇がくっついている。蛇はしつこいし、執念深いで」

「蛇が離れたらどうなりますか？」

「克彦が戻る、戻ってくる。死んどりゃせんので、蛇に憑《つ》かれて動けんだけだ。だが、早く戻してやらなけりゃ、あれは苦しんでおるからさ」

恵平たちは顔を見合わせた。電話を終えて戻った伊倉がカウンターの奥で頷いた。本署の受け入れ態勢が整ったと言うのである。やがてパトカーのサイレンが聞こえてきて、交番の前で止まったとき、平野から目配せされて、恵平が言った。

「おばあさん。車が来たから行きましょう。克彦さんは丸の内西署でお預かりしています。そちらでもっと詳しい話を聞かせて下さい」

老女は俯《うつむ》いたまま席を立ち、紙袋を両腕に提げたまま、平野に誘《いざな》われて出ていった。

恵平は山川たちと交番に残り、外に出て老女を見送った。後部座席に座るとき、老女は一瞬恵平を見上げ、「ご親切に」と、頭を下げた。

恵平は何も答えることができなかった。人の命が無慈悲に奪われたその場所で、息子の亡骸《なきがら》を抱いた老女がパトカーに乗る。

彼女は死を受け入れず、息子は治ると言い張っている。本当にそう信じているのか、自分自身すら騙《だま》しているのか、騙されることが心地よいのか、恵平には理解ができない。知りたいと言った祖父ではなく、理解しようと思うなよと言った平野の言葉が、恵平の胸に響いていた。

第五章　妄信殺人

恵平は休日だった。

あれからどうなりましたかと、早朝平野にメールしてみると、午前九時を過ぎた頃にようやく返信が来た。日勤の刑事や鑑識課員は基本的に夜勤明け非番のとき以外は通常業務で、平野は今日も出勤している。

――どうもこうもあるか――

と、メッセージで平野は言った。

――紙袋に入っていたのは息子の臓器だったよ　いまピーチが部屋で撮影してるホラーなんてもんじゃない――

上段をベッドにしている押し入れの柱に寄りかかり、恵平は唇を噛《か》んだ。そんなことではないかと怖れていた。でも、まさか、本当にそうだとは思わなかった。

――電話する――

文字が浮かんだ途端、呼び出し音が鳴った。

「堀北です」

「昨夜はちゃんと眠れたか？」

平野の声だ。

「いえ。ほとんど」

「だよな、俺もだ」

と、平野は笑った。

「暑いのと気色悪いのとで脳みそが腐りそうだ。ったく、なんてぇ夏だよ」

どう言ってあげればいいのかわからない。何か冷たいものを差し入れすることぐらいしか思いつかない。

「おばあさんはどうしてますか」

「留置場で朝メシ喰《く》ってる。さっきまでは心臓持って神社へ行くと騒いでいたが、ケロッとしてメシ喰ってんだよ。信じられるか」

「まだ神社に行くと言ってるんですね。紙袋の中を見られても？」

「神社でお祓《はら》いしたあと真水で洗って体に戻せば、息子は生き返るんだってよ。嘘か本気か、まったく悪びれる様子もないから、班長が心理技官を要請したよ」

「ごはんを食べられるんだから、やっぱり、なんていうか、普通なんですね」

「普通？　はっ、普通のわけあるか」

平野は喚《わめ》いた。

「おまえはあれを見ていないからそんなことが言えるんだ。どう考えても正気の沙汰《さた》じゃない。部位を一個ずつラップに包んで和紙で巻き、紙袋に入れていたんだぞ？　心臓だけは特別で、息ができるように油紙と和紙を使うんだとさ。それらをいちいち開封してさ、確かめた俺らの身にもなってみろ。さすがのピーチも吐いていたし、そりゃ、あの臭い……」

と言ってから、気持ちが悪くなったらしくて言葉を切った。

「お疲れ様です」

恵平は頭を下げる。

「すぐさま最寄り署に電話して、婆さんの自宅へ行ってもらった。班長たちが始発で出たが、飛行機使って六時間、新幹線だと七時間半もかかる場所だろ？　班長が着くより早く、さっき所轄署から連絡が来たよ」

恵平はスマホに頷《うなず》いた。

「仏間に死体があったとさ」

と、平野は言った。

「異様な惨状だったらしいや。入った途端に線香の匂いで、家族もみんな家にいた。婆さんはあのあたりじゃ有名な神おろしの人で、家庭の不和や原因不明の病気に悩む信者が、しょっちゅう出入りしている家なんだってさ」

「やっぱり霊感の人だったんですね」

「被害者の名前は山本《やまもと》克彦、年齢は五十二歳で、婆さんの長男だ。家にはほかに克彦の妻と克彦の弟、克彦夫婦の娘と息子がいたらしい」

「その人たちはなんて言っているんです？」

「なにも。遺体は仏間に布団を敷いて寝かされていた。頭の病気にかかっていると、死体を前に話したと」

「家族がそう言ったんですか？　生き返るって」

「婆さんと一緒だよ。眠ってるだけで、婆さんが清めた内臓を持ち帰るから、それを戻せば生き返る。触らないで欲しいと、堂々としたものだったらしいや」

「信じるんですか」

「んなわけねえだろ」

ぐらりと視界が歪《ゆが》んだ気がした。柏村の時代、迷信は医療に頼ることのできない寒村や金銭的事情で治療を受けられない人たちの間に広がっていた。それがタブーであればあるほど、信じる人から信じる人へ、狭くて深い情報網を通って信憑性《しんぴょうせい》を高めていった。情報過多の現代に至って妄信は消え去ったかと思いきや、今度はタブーに惹《ひ》かれた人たちが、同じように禁忌を求め続けている。

でも違う。内臓のない人が生き返らないことは、誰が見たって明らかなはず。それなのになぜ人は同じ過ちを繰り返すのか。東京の街が変わっても、世界が情報で溢《あふ》れても、人の本質は変わらないのか。

そうであるなら警察官は、どうやって人々を守ればいいんだろう。

「あのな」

平野が疲れた声を出す。束の間何かを考えてから、

「ま、今のところはそう言ったわけだ」

と平野は言って、電話を切った。

恵平は部屋の窓に射し込む強烈な日射しを見ていた。

夏。故郷では蟬の声がうるさかったのに、東京ではほとんど聞かない。おばあさんの住む家のあたりはどうだろう。降るような蟬時雨《しぐれ》、埃《ほこり》っぽさを増す夏の森、田舎道、離れて建つ大きな家々、周辺に分家が暮らす田舎では、互いが互いの事情を知ってい

る。知っているけど言葉にしない。そこで生きていかなければならないからだ。

長男に憑いたのは怨霊《おんりょう》や蛇ではないのに、家族は問題の根幹を見ることができない。行くべきは神社ではなく病院なのに、きっと、たぶんそうだったのに、息子の豹変《ひょうへん》の原因が家のどこかにあるとは考えず、隠して、隠して、何かにすがる。周囲の人から慕われて、長く相談役を務めてきた家だからこそ。

「はあ……」

恵平はうなだれて、だらしなくスウェットパンツを穿《は》いた脚を見た。それからおもむろに立ち上がり、シャワーを浴びに浴室へ行った。まだお湯になりきらない水で体を濡《ぬ》らしながら考える。若宮様が憑いていると言ったおばあさんと、それが憑いたと言われた通り魔の犯人が同じように留置場にいることを。過去と現在がつながって、いつもうら交番がヒントを投げかけていることも。

Tシャツとデニムパンツに着替えて外へ出た。休日なのに名刺入れをポケットに忍ばせて、スニーカーではなく官給の靴を履く。小さなバッグにスマホと財布を入れて、バッグに溜《た》めていたゴミを捨て、そして恵平は駅に向かった。

昨日、恐ろしい事件が起きた現場にはメディアが何社か訪れていて、リポーターが事件について話す姿を撮影していたが、メディア以外に惨劇の痕跡《こんせき》は見つからず、車道も横断歩道も普段どおりになっている。

時差通勤が定着して早朝の決まった時間に起こるラッシュの人数は幾分か減ったが、それでも駅には人がいる。おもて交番にもリポーターの姿があったので、恵平は通りの反対側を通って駅前広場に出た。行幸《みゆき》通りを背負って煉瓦《れんが》駅舎を正面に見る。

むかしは柏村も煉瓦駅舎の同じ姿を眺めたのだろうと思い、そしてふと、ペイさんやメリーさんはいつまでここにいてくれるのだろうと考えた。思いついて飲み物を買い、それをぶら下げて北口へ向かう。

思った通り、日陰に椅子と道具入れを置いて、ペイさんが靴磨きの店を出していた。夏のお客さんはやや少ない。サンダルやスリッポン、デニムシューズを履く人が増えるからだ。

「靴を磨いて下さいな」

手持ち無沙汰《ぶさた》に道具入れをかき回していたペイさんに、お茶を渡して恵平は言った。ペイさんはすり切れたハンチング帽の下から恵平を眩《まぶ》しそうに見る。

「おやあ、ケッペーちゃんじゃあないか」

そして冷たいお茶を手に取った。

「おいちゃんにくれるのかい？　ありがたいねえ」

ペイさんの奥さんが手編みしている椅子のカバーは、夏らしい生成のレースになっている。そこに腰を下ろして、恵平は靴載せ台に足を置く。ペイさんは冷たいお茶を数口飲むと、布で靴の埃を払った。

「聞いたよう。昨日は大変だったんだって？　こわいねえ、通り魔は。ケッペーちゃんは大丈夫だったかい？」

「それが……あまり大丈夫じゃなかったの」

「えっ、どこかケガをしたのかい」

ペイさんは目を丸くして恵平を見た。

「ううん。そうじゃないけど色々あって、昨夜は怖くて眠れなかったの。私は警察官なのに、ペイさんにこんなこと言って怖がらせちゃいけないかもだけど」

「交番にいたんだよね？　事件が起きたときにはさ」

「そうなの。昨日は日勤だったから」

布の種類を変えてから、ペイさんはまた丁寧に靴を拭《ふ》く。

「道を訊《たず》ねに来たおばあさんがいて、ちょうどその人が外へ出て、入れ代わりにカップルが来て、そうしたら……」

ペイさんはいつになく真剣な目で恵平を見た。

「怖かったよね。当たり前だよ。見ず知らずの相手に切りつけたわけなんだもんね、そんなの怖くて当たり前だと思うよね」

「でも、私は警察官だから。訓練だってしているし」

「そんなのは、まあ、外から色々言う人はいるかもしれないけどさ、普通の人なら誰だって体がすくむと思うよね。警察官だって同じだよ。それでも逮捕したんだもんね？　ケッペーちゃんたちのおかげでさ、もっと被害が出るところを、食い止められたってことだよね」

「そんなふうに思ってくれる？」

ペイさんは布を置き、靴クリームを選ぶ前にもうひと口だけお茶を飲む。

「あー、冷たくておいしいねえ。夏はなによりお茶がおいしいよう」

「よかった」

恵平は微笑んだ。いつものクリームをいつものように選び出し、絆創膏《ばんそうこう》を巻いた指先で、ペイさんはそれをチョチョイと靴に塗る。その仕草を見るたびに、孫のすりむき傷に軟膏《なんこう》を塗るようだと恵平は思う。ペイさんに愛されて、革靴は息を吹き返す。

そしてピカピカになっていくのだ。

「ケッペーちゃんはかき氷が好きかい？　おいちゃんは大好きで、若い頃は田川堂《たがわどう》のかき氷なんかは十杯くらいいけたよね」

「田川堂ってどこにあるの？」

「永代《えいたい》通りから向こうへいった新川《しんかわ》のあたりだよ。今のハイカラなやつじゃなくって、昔ながらのかき氷ね」

祖父もハイカラという言葉を使っていたなと思う。そういえば、ふるさとの善光寺《ぜんこうじ》近くの長門屋《ながとや》さんで、夏に食べるかき氷はおいしかったな。小さい器で出されるシロップだけのかき氷だ。四角くて大きな氷を昔の機械でガリガリ削る。クーラーなんかない店で、亀と千鳥が染め抜かれた大きな暖簾《のれん》が日除《ひよ》けになって、ミンミンと蟬が鳴いていたっけ。

「ペイさん、かき氷は何が好きなの？」

「そりゃイチゴだよ。イチゴミルクも好きだけど、イチゴミルクは高いもんね」

ケッペーちゃんは？　と訊《き》くので「レモン」と答えた。

長門屋さんではいつもレモンを頼んだ。お祖父《じい》ちゃんが好きだったのは抹茶ミルクで、お祖母《ばあ》ちゃんは金時《きんとき》だった。

「かき氷、食べたくなった」

「いいねえ。せっかく夏なんだから」

はい、交替。と、ペイさんは言って、恵平の足を載せ替えた。そうか、せっかく夏なのか。ペイさんと話していると、ベタベタと汗が体に貼り付く夏も、特別で素晴らしい季節に思えてしまう。そのペイさんは再び布で埃《ほこり》を払って、靴クリームを選んでいる。磨き終わった靴とこれからの靴は、新品とお古くらいに見栄えが違う。たぶんペイさんが磨いているから、丸の内西署の警察官は靴が長持ちするのだ。

「ねえ、ペイさん」

と、恵平はまた訊いた。

「柏村さんがうら交番にいた時代、日本橋川の中州で警察官のバラバラ遺体が上がった事件があったでしょ？」

「そうだったかなあ。事件はいろいろあったんだろうけど、その頃はラジオか新聞だけで、おいちゃんは新聞が読めなかったし。漢字ばっかで難しくてさ」

「そうか……じゃあ、柏村さんの部下だった永田さんって刑事のことは知っている？」

「永田さんと言ったかな？　若い刑事さんを連れていたのは覚えているよ」

「その人って、亡くなったのよね」

指先でピッピと水をかけ、シャカシャカと布を動かしながらペイさんは首を傾げた。

「亡くなったというか、うーん……あ、そうか」

顔を上げて恵平を見る。

「行方不明の人だよね？　死体がないと殺人事件にはならないって。今もそうかな」

「確証が得られないからよね。でも、それは真実ではなくて、実際にご遺体が見つからなくても殺人で起訴されて裁判で有罪になった事件はあるよ」

そうなんだあ、と、ペイさんは言って、

「刑事さんが行方不明になったって話は柏村さんから聞いたよね。おいちゃんのところへ靴を磨きに来たときに、最近刑事さんを見なかったかって訊かれたんだけど、その若い刑事さんは、おいちゃんのところへ靴を磨きに来なかったんだよね」

「それってどんな事件だったの？」

「知らないなあ。おいちゃんも遊び盛りのガキだったしね、古い事件で覚えているのは『よしのりちゃん誘拐事件』とかあの辺からで、やっぱりテレビがなかったからね。今みたいに世界中の事件がわかるような時代じゃないし。それがどうかしたのかな？」

「ううん。知っているかなと思っただけ」

靴をきれいに磨き終わると、恵平はペイさんが出した手のひらに、代金と、自分の名刺をそっと載せた。

「おやあ」

と、ペイさんが歯の抜けた口で笑う。

「ケッペーちゃんの名刺じゃないか。いやあ、たまげた。ついに、本物の警察官になった感じがするよねえ」

「えへへ。そうでしょ。ペイさんやメリーさんたちが応援してくれたおかげだよ」

恵平は姿勢を正し、「ありがとうございました」と頭を下げた。

ペイさんは拝むように両手に名刺を挟んでから、大切なものを入れるウエストポーチの中にしまった。

「そういえばケッペーちゃん。ちょっと前にメリーの婆さんが探していたよ」

「メリーさんが私を？　交番へ来てくれればいいのに」

「交番はいつも人がいて忙しいもんね。あの婆さんはシャイだから、誰かがいたら行けないんだよう」

恵平は立ち上がって周囲を見回した。

「でも、この時間だとメリーさんを探せない。砂浜で桜貝を拾うより難しいんだもの」

「上手《うま》いこと言うねえ」

ペイさんは「ふぇ、ふぇ」と笑い、

「何か伝えたいことがあったらしいよ。何だろうね」

と、気を持たせるような言い方をした。

「わかった。なら、今夜メリーさんのところへ行ってみる。Y口26番通路へ行けば会えるから」

「それがいいと思うよね」

恵平はペイさんにお礼を言って、平野や桃田への差し入れを買うため構内へ入った。東京駅の地下街に行けばお土産用に売られているあれこれが手に入る。ろくに寝ないで仕事をしている先輩たちには冷たいフルーツゼリーを買おうと決めて、エレベーターで地階へ降りた。

午前十時少し過ぎ。恵平は丸の内西署の裏口から刑事課へ向かった。

普段と違って私服のときは、自分だけ休んでいる感じが出ないように気を遣う。昨日は大きな事件があったし、班長たちは兵庫の現場へ飛んでいるので、刑事課のブースは閑散としていた。平野の姿も見えなかったので、恵平は差し入れのゼリーを冷蔵庫に入れ、平野のデスクにメモを残した。

――お疲れ様です。差し入れに冷たいゼリーを買ってきたので冷蔵庫に入れました。手が空いたときに召し上がってください。堀北――

メモ用紙をパソコンに貼り付けると、桃田用のゼリーを持って鑑識へ向かう。

臭いが酷《ひど》いと平野は言ったが、そのなかでゼリーを食べるのは最悪だ。衛生的ではないし、どうしよう。考えてから廊下の棚に一度袋を載せて、鑑識の部屋をノックした。すると返答もなしにドアが開いた。立っていたのは平野であった。

「は？　なにやってんだ、こんなところで」

「平野先輩こそ。いま、刑事課に差し入れを持っていったら、誰もいないので冷蔵庫に入れてきました」

「誰もいなくて当たり前。通り魔事件の直後だぞ？　組対だけじゃ手が足りなくて、署内の刑事総動員で背景を当たってるところに心臓まで持ち込んで来やがって」

嫌みのひとつも言いたくなる気持ちはわかるので、恵平は素直に、

「お疲れ様です」と頭を下げた。

ベテラン捜査員らが通り魔事件に配備され、後続の心臓事件は精鋭の河島班長が自ら出向いた。平野は恵平にとっては先輩だが、刑事としてはまだ駆け出しなので、各種連絡係として署内に残されたのだ。こういうときに警察官は自分の立場を思い知る。

平野とドアの間から、奥にいる桃田の姿が見えた。

「差し入れってなに？」

と、訊《き》いてくる。

「フルーツパーラーのゼリーです。お疲れだろうと思って」

「気が利くね。入ってくれば？」

桃田が言うと、平野は仏頂面で脇へどいた。腐臭を感じなかったので、恵平は差し入れの袋を持って室内へ入った。中にいたのは桃田だけだ。

「伊藤さんや課長は？」

「二階だよ」

「例の証拠品はすんだんですか？」

「科捜研のラボへ回した。こっちの記録は取り終わったから」

「ピーチが出勤する前に、伊藤さんが始めてたしな」

「ぼくは写真を撮っただけ。それでも結構きつかったから、あれを開けなきゃならなかった平野や伊藤さんの気持ちを思えば……」

恵平は同情して訊いた。

「フルーツゼリーは食べられそうですか？」

「喰《く》うよ」

と平野はぶっきらぼうに言い、恵平から袋を奪った。ゼリーの箱を開けるそばから、桃田が寄って来て「何と何があるの？」と聞く。様々なフルーツを盛り合わせにしたアラカルトゼリーを買ったので、中身は一種類だけである。

「平野はあとで刑事課から一個もってこいよな」

おしぼりで手を拭《ふ》きながら、桃田が最初の一個を取った。

「けちくせえ、ピーチが自分で取りに来ればいいだろ」

残りは伊藤と課長の分で、自分の分は平野に取られてしまったが、許してあげようと恵平は思った。それより二人が喜んでいるのが嬉《うれ》しい。

美しく盛り付けられたゼリーなのに、平野と桃田は砂漠で水を求める人のように貪《むさぼ》り食べると、最後は容《い》れ物を逆さにして中身を全部呑《の》み込んだ。

「お腹空《す》いてたんですか？」

訊くと、

「当たり前だろ」

と、平野が答えた。

「あんなもの見せられて、まともにメシが喰えるかよ」

言うが早いか課長たちの分に手を伸ばす。桃田も同様に二個目を食べて、

「伊藤さんには刑事課へ取りに行けって言っておく」

などと言う。恵平が目を丸くしているうちに、二人はようやく満足して、空になった容れ物と袋をゴミ箱に入れた。

「あー、旨《うま》かった。ごちそうさん」

「堀北グッジョブ。糖分補給ができて生き返ったよ。さて」

桃田は立ち上がり、「いっそ堀北にも見てもらったら？」と平野に訊いた。

「そうだな。差し入れもらったし」

平野はドアノブに手をかけている。

「見てもらうって、なんですか？」

説明してくれと言うように、平野が桃田に顎《あご》をしゃくった。

「被害者の山本克彦さん宅を訪ねた警察官から映像が送られてきたから、確認するけど堀北も観る？」

「なんの映像ですか」

「ボディカメラだよ。アメリカではすでにメジャーだけど、今回みたいにうちの署の依頼で管轄署が動くときにはボディカメラを携帯してもらうことで情報を共有できるようになったんだ。システムの試用を始めたというか」

「婆さんの自宅を訪ねるところから全部、観られるぞ」

「課長と伊藤さんがいま会議室にセットしているんだよ。ここのモニターは小さいからね」

「観たいか、ケッペー？」

恵平は「はい」と答えた。


二十一世紀の刑事警察が急速に進化を遂げているのは事実だ。防犯カメラに車載カメラ、各種追跡装置等の普及に伴い犯罪の死角は狭まっている。

階段を上りながら平野が言った。

「殺人の捜査は遺体発見場所の所轄が担当するから、今回みたいに発見現場と殺害現場が離れていると、土地勘のない場所で捜査を指揮しなけりゃならない」

「だから導入されたシステムなんですね？」

「そのせいだけでもないけどね」

と、桃田も言った。

「通り魔事件みたいに犯人の身柄がすでに拘束された場合も、経緯や動機、共犯者や事件が起きた背景などは管轄署に報告の義務がある。ただし、さらに緊急を要する案件が残っているのなら、担当刑事が現場に着くのを待ってなんかいられない」

「今がその時なんですね」

「そう。現地の警察が踏み込んで、でも、書類はこっちであげなきゃならないからな。河島班長がまだ着いてもいないのに、俺たちが映像を見るってわけだ」

とんでもない時代になっていくなと、二人の背中を見上げて恵平は思う。

署の二階。会議室と呼ばれる殺風景な部屋には大型モニターが設置されている。普段は研修などに使うのだが、伊藤はそこに兵庫県警察から送られてきたボディカメラの映像を映すつもりらしい。平野が内容を確認して班長に連絡し、班長は現地に着く前に概《おおむ》ね の流れを把握しておくという段取りだ。

平野や桃田について部屋へ入ると、丸い目をギョロリとさせて伊藤が言った。

「なんだ、堀北。おめえはそんなに仕事が好きか」

「応援の差し入れを持って来てくれたので、後学のためにぼくが誘ったんですよ」

と、桃田が言う。

「お高いパーラーのフルーツゼリーで、先に頂きましたが旨かったですよ」

平野はしれっと言ってから、

「二人の分は刑事課の冷蔵庫に入っているんで」

と、ゼリーを取りに行く役を本人たちに振り当てた。

「なんで刑事課なんだよ？　鑑識にだって冷蔵庫はあるぞ」

「あ……そうですね。あとで移動しておきますから」

愛想笑いする恵平に、

「まあいい。こっちは仕事だ。確認するぞ」

と、課長が言った。

それぞれ椅子を引いてきて、モニターを見やすい場所に陣取った。

「時代だな、なんでも便利になるのはいいが、事件自体は減らねえなあ」

伊藤は腕と足を組みながら、自分の肩を自分で揉《も》んだ。

モニターの横に立った鑑識課長が、背中で手を組んで一同を見る。鑑識のトップは後に刑事のトップに異動していく率が高いといわれるわけは、現場の状態を調べる経験を積むからだろうと恵平は思う。犯人を挙げたい気持ちはどの警察官も持っているが、現場の惨状をつぶさに確認して被害者の最期に立ち会い続ける鑑識官は犯罪を憎む気持ちもひとしおだ。直立不動の課長の姿に恵平は密《ひそ》かな憧《あこが》れを抱く。

「現地警察官の報告によると、マル被山本克彦は、おもて交番を訪れた山本陽子《ようこ》七十七歳の長男だ。父親の吉蔵《きちぞう》は半年前から地元施設に入院中。重度の昏睡《こんすい》状態だ。山本家には五人の子供がいるが、三男は若くして他界。次男の勇二郎《ゆうじろう》夫婦と克彦夫婦が果樹農家を引き継いでいる。長女と次女は他県に嫁ぎ、まだ連絡は取れていない」

あのおばあさんは陽子という名前だったのか、と恵平は思った。束ねただけの白髪が疲れ切った雰囲気を出していたけれど、紫色の服を着ていたし、普段はもっと華やかで、明るい人なのかもしれない。

課長は続ける。

「山本家は近隣で『オガミ屋さん』と呼ばれる占いの家で、吉蔵の祖母も母親も口寄せ占いをしていたという。陽子もその能力を買われて吉蔵に嫁入りして、かつては占いを求める者が終始出入りしていたらしい。ところが父親の吉蔵が倒れてから様子が変わった。陽子は占いの客を取らなくなり、同じころから山本家の土地が近隣農家に安価で売買されるようになったという。克彦にはギャンブル癖があったという噂も、女に貢いでいたという話もあるが、現在のところは未確認だ。克彦の妻も『そういう力』を持つとされ、陽子が克彦と強引に結婚させたものらしい。克彦と妻の間には男女二名の子供がいるが、どちらも自宅で暮らしている。現在わかっているのは以上だ」

そう言うと、課長はモニターのスイッチを入れた。

映像はすぐに始まった。

カメラは警察官がパトカーを降りる瞬間からスタートした。

老女の家は恵平の想像どおり古い農家だった。周囲を竹林で囲まれて果樹園の奥に立っている。周囲を竹で囲むのは、土地が存分に使えた時代の防犯の知恵だと聞いている。警察官が竹林を回り込んで行くと土蔵が見えて、その奥が庭になっていた。母屋は土蔵の脇にあり、前庭はゆるいスロープだ。平屋建てだが結構大きい。年月を経た土壁の家は恵平の郷里にも残されているが、大抵は百年近く経っている。瓦葺《かわらぶ》きの屋根は背が高く、上部に空気抜きの別屋根がある。横溝正史《よこみぞせいし》の小説にでも出てきそうな佇《たたず》まいだ。

警察官が土を踏む音がして、件《くだん》の家が近づいて来る。

土壁からはみ出した玄関の柱は複雑な形でとても太くて、かつての財力を偲《しの》ばせる。ところが、その高価な柱や梁《はり》にはペタペタとお札が貼ってあり、御幣《ごへい》が入口の両脇に立ててあった。

表札の近くにインターホンなどはなく、警察官は平手で玄関扉を叩《たた》く。

『山本さん。山本さーん、おっとねー？　ちょいと顔見せてくれんかね』

バンバンバン。警察官はさらに叩いた。

『留守やろかい』

と聞こえた声は相棒のものだ。再び『山本さん』と呼んだとき、磨《す》りガラスの向こうに人影が差した。『お。おったわ』と相棒が囁《ささや》いた。

玄関扉がそろそろと開き、隙間から顔を覗《のぞ》かせたのは花柄の割烹着《かっぽうぎ》を着た中年女性だった。青白い顔で髪はボサボサ、疲れ切って怯《おび》えた目つきだ。カメラは彼女を映し続ける。見れば唇が切れて痣《あざ》になっている。扉を押さえる指は爪の隙間に血か泥のようなものがこびりついている。

『なんでしょう?』

と、女は訊《き》いた。ボディカメラが少し揺れ、警察官がドアの隙間に靴を挟み込むのが映る。背後からもう一人の腕が現れて、ガッチリとドアを摑《つか》んだ。扉を閉められないようにしたのだ。

女は特に動揺するふうもなく、『なんでしょう』と、再び訊いた。

『自分は○○署の中村《なかむら》です。うしろは同僚の反町《そりまち》ですが、こちらは山本克彦さんのご自宅で間違いないですか』

『はあ』

と、答える彼女の声に被《かぶ》って『おい。かんこ臭くねえか』と、相棒の声がする。

『奥さん、線香焚《た》いてるの?』

警察官はそう訊いた。映像から臭いはしないが、女性はコクコク頷《うなず》いている。

『ご祈禱《きとう》をしておるもんで』

『なんのご祈禱？』

『病人です』

『病人は克彦さん？』

はい。と、彼女は頷いた。

『なんの病気か？』

『頭の病気で……暴れたり叩いたりするもんで』

『会わせて』

『今は寝てます』

『寝ててもいいから』

『困ります。蛇が障るで』

『ちょいとごめんね』と声がして、背後の警察官が扉を開ける。

玄関は土間になっていた。暗さの奥に廊下がテラリと光っている。

土間の天井からぶら下がっている無数のなにか。藁《わら》で編まれた餅《もち》や、お札や、得体の知れない赤い布、紙垂《かみしで》を付けた注連縄《しめなわ》や、妊婦を思わせる藁苞《わらづと》や、串刺《くしざ》しにされた蛇、それらが白く埃《ほこり》を被って、所狭しと吊《つ》られている。

『あなたさまはどちら様』

『克彦の妻ですけえ』

『克彦さんを呼んできて』

『ですから今は寝ています』

『それならちょっとだけ顔を見せてよ』

映像は警察官よりやや低めの視線で続いている。

心なしか室内の空気が濁って見えた。煙で燻《いぶ》されているかのように、煙が白く筋をひく。火事ではないかと恵平は思う。

『かんこ臭《くせ》えぞ』と警察官が言い、『線香です』と、女が答える。かといって強引に警察官を排除しようという素振りもない。上《あ》がり框《がまち》に立った警官二名は、ズカズカと家に入っていく。女の姿が見切れたのは、たぶん後ろにいるからだ。

『どこで線香焚いてるの？』

『仏間です』

『克彦さんはそこに寝てるの？』

そうです。と女の声がした。

警察官が立ち止まる。廊下も天井も真っ黒で、両脇には障子があったが、それが蹴《け》破《やぶ》られたように桟から外れて落ちている。廊下に段ボール箱があって、割れた瀬戸物や壊れた道具が無造作に詰め込まれていた。障子がないので室内が見える。卓袱台《ちゃぶだい》が斜めになって、天井から落ちてきた照明がその上に垂れ下がり、鴨居に掛けた賞状や額が落ち、壊れたまま畳の上に放置されている。

『奥さん、これはどうしたの』

『若宮様が暴れたんです』

警察官が振り向いたらしく、初めて相棒の顔が映った。痛々しく眉《まゆ》をひそめているのは四十がらみの警察官だ。彼が腰に手をやって、警棒を抜いているのだと恵平はわかった。画面からでも尋常ではない気配を感じる。

二人はさらに廊下を進んだ。

奥から明かりが漏れている。警察官らの足音に奇妙な声が被って聞こえる。猿田彦《さるたひこ》と唱えているようだ。複雑な呪文《じゅもん》の類《たぐ》いだろうか。一人ではなく複数人の声である。

明かりが漏れる部屋のほうへと進んでいく。画面を見ている恵平たちは誰一人として声を出さない。ボディカメラを搭載した警察官と想いを同化させているのだった。

その部屋は、真ん中にガラスをはめた障子で廊下と仕切られていた。ガラス部分から中の様子が少しだけ見える。畳に積まれた野菜や果物、小さく作った米俵、白い紙を敷いた皿に盛られているのは、魚の頭と尻尾《しっぽ》のようだ。油揚げ、山盛りの白米。仏壇なのか、祭壇なのか、その前に布団が敷かれて、浮腫《むく》んだ顔の人物が寝ている。室内は線香の煙で白く濁って、障子の前に座った男が一心不乱に呪文を唱えているのが見えた。カメラはしばし立ち止まり、

『失礼します』

と、警察官が障子を開けた。

やはり布団に人が寝ている。顔色が変だ。

呪文の男は振り向きもしないが、布団の足下には青年と若い女性がいて、ハッとしたようにこちらを向いた。ともに二十歳前後というところ。やはり青白い顔をして、青年のほうは顔中に痣があり、女性のほうは、長い前髪が一房、地肌ごと引き抜かれてどす黒い瘡蓋《かさぶた》になっていた。頬にクッキリとあるのは手の形で、首には絞められた跡がある。恵平は老女の首を思い起こして口を覆った。状況は、この家で起こった凄《すさ》まじい暴力の跡を示している。誰がやった？　答えはわかる。

——克彦にも憑いたんじゃ……それだけじゃねえ、克彦には蛇も憑きおった。だから一日中暗い部屋から出られなくなって、夜には若宮様が大暴れして、ほれ——

老女の声が頭に響いた。

おばあさんの息子は、ギャンブルか女のせいで借金に追われ、土地を売ってしのごうとしたんだ。家族はそれを知っていたのか、長年の確執があったのか、そのあたりのことはわからない。でも、息子は次第に追い詰められて、家族に暴力を振るったのだろう。家族は克彦の豹変《ひょうへん》を信じられずに、何かが憑いたと思い込み、もしくは互いの身を守るために結託して彼をねじ伏せた。その後どうしてこうなったのか。老女が大切に持っていたものを知っているからこそ、心臓がドキドキしてきた。

線香は布団の四隅と祭壇で焚かれ、枕元には水と薬と粥《かゆ》がお盆に載せられている。

『この寝とるのが克彦さんか』

『そうです』

警察官のボディカメラがその人物の顔を映した。

髪の毛と顔が血だらけだ。頭蓋骨《ずがいこつ》が陥没し、顔は片側が変形していた。瞼《まぶた》は腫《は》れ上がって青黒く、開いた口から今しも舌が飛び出そうとしている。腐敗が進んでいることを、恵平は即座に理解した。男は未《いま》だに祈禱している。そこに女の声が混じって、さっきの女がカメラに映った。警察官を案内してきたことなど忘れたように、男と並んで拝みはじめた。異様な部屋の片隅で、若い女性と青年は怯えたようにうずくまっている。

『きみたちはここで何をしてるんだ？』

警察官は若い男女に訊《き》いた。傷だらけの顔をした二人は布団に目を落として答えた。

『お婆が帰るまで守っています』

『なにを？　この人をか？』

『お父に憑きもんが憑いたから』

『お婆が清めに行ったので、戻ってくれば起きるって……』

『その疵《きず》はどうしたんだね？　誰にやられた』

『蛇です』

と、青年は答え、

『若宮様です』

と、女性は答えた。そう言いながら、二人は救いを得たような目をしている。震えているようにも見える。体内に心臓を戻しても父親は生き返らないと知った時、この人たちは何を考えるのだろう。それとも本当は生き返らないと知っていて、自身を謀《たばか》る罠《わな》に囚《とら》われ続けているのだろうか。全てを認めなければならなくなったら、この人たちはどうやってこちらの世界へ帰ってくるのか。足下に横たわる辛《つら》い現実を乗り越えて。

『きみたちはちょっと向こうへ行っていなさい』

言われると二人はすぐさま立ち上がり、襖《ふすま》を開けて隣の部屋へと消えた。

カメラが動き、警察官の手が映る。掛け布団を剝《は》ごうというのだ。

その間にも、祈《き》禱《とう》する声は止むことなく続いている。恵平は目を覆いたかったが、じっと我慢してモニターを見つめ続けた。モニターは臭いを発しないのに、強烈な腐臭と線香の煙が相まって、胃をかき回しているような気がした。警察官が布団を剝ぐと、下には折りたたまれたブルーシートがあった。

見れば遺体は敷き布団の上にブルーシートを敷いて、その上に枕を置いて寝かされているのだった。折り返して体にかけたブルーシートから出ているものは、浮腫んだ頭部と両足の先だけだ。

いつの間にか手袋をして、警察官がシートもめくる。

「あっ」と、恵平は思わず叫んだ。

血の海の中に横たわるのは、腹を裂かれた全裸の男だ。首の下から真一文字に裂かれて、肋骨《ろっこつ》を避けてえぐり出したかのように、ほとんどの内臓が外に出ていた。肺は胃のあたりに移動して、腸は乱雑に引き出され、心臓や脾《ひ》臓《ぞう》や膵《すい》臓《ぞう》はなくなっている。

警察官の呻《うめ》き声がして、一人が部屋を飛び出した。

そしてヒステリックに女が叫んだ。

かまわんといて下さい。触らんといてください。

婆さんが戻れば起きますけえ。

臓物は真水で洗って戻せばええんで。

そうすれば、主人は元通りになりますけえ。

課長が映像をオフにする。モニターから全てが消え去っても、しばらくは誰も動こうとしなかった。恵平は指先が凍え、それなのにびっしょり汗を掻《か》いていた。何を見たのかわからなかった。昨日見た光景も理解できずにいるというのに、今見たものがなんなのか、恵平にはさっぱりわからなかった。

山本克彦という男性の死は家族の誰にも受け入れられず、遠い思い出に存在する幼い頃の彼だけが、老女や家族の中にいた。豹変した彼はもはや本人ではなくて、蛇や怨霊《おんりょう》だったのだ。理想と現実のその乖離《かいり》。老女の正義が成したこと。こみ上げてくるものがあり、恵平は会議室を出て行った。女子トイレに駆け込んだけれど間に合わず、洗面所のシンクに胃液を吐いた。泣きたかったが泣くこともできない。感情は動いているのに、理解が及ばず混乱していた。何を見たのか。なんだったのか。昨日に引き続き恵平は、自分と同じ人間と思《おぼ》しき生き物が抱える闇に打ちのめされた。

口を濯《ゆす》いでシンクを洗い、水で顔を洗って鏡を覗《のぞ》く。

そこにあるのは思考停止した自分の顔で、

「……無理……」

と、鏡に呟《つぶや》いた。

「刑事なんて絶対ムリだ……刑事なんて……」

ぜったいムリだ。

と、心が恵平に訴えた。暴漢の前に出るのはなんとかできる。保全のため現場に立つのも、第一線で体を張るのもたぶん、できる。でも事件の背景を探るために加害者の心を覗き込むのは恐ろしい。理解なんてできない。突き放すこともできない。

そのジレンマと、刑事たちはどうやって折り合いをつけているのだろう。あんなものを見せられ続けて、どうして生活できるのか。気がつけば周りは悪人ばかりで、誰のことも信じられず、誰のことも愛せずに、人は恐ろしいものだと思い、安全な場所などないと知る。刑事になったらそんな人生が待っているのだと、恵平はいま確信できた。刑事を選べば自分はそうなる。

柏村さんに会いたいと、本気で思った。

柏村さんはどうして、刑事の後でも交番のお巡りさんでいられたんだろう。どうやって信じる心を守ったんだろう。どうやったから、強いまま殉職したんだろう。

ハンカチで顔を拭《ふ》いたとき、年相応の女の子の顔がそこにあった。

逮捕術を学んでも、拳銃《けんじゅう》の扱いが上手《うま》くても、柔道や剣道や合気道が強くても、それは本当の強さじゃないんだ。あの映像を無言で見ていた平野や桃田や伊藤や課長は、心にどんな楔《くさび》を打ち込んでいるのだろう。それがあったら、

「強くなれるのかな」

鏡に訊いて唇を嚙《か》み、恵平はパチンと自分の頰を打つ。

しっかりしなさい。

首に掛けているメリーさんのお守り。部屋に飾った徳兵衛さんたちの嘆願書。立派な警察官になるはずだからと警察学校に送られてきた署名の数々。でも、刑事になるならそれでは足りない。私だ。私がしっかりしなくっちゃ。

どうやればいいのかわからないけど、とりあえず恵平は、トイレを出て会議室へ向かった。

当然だ。部屋の扉は開いていて、室内にはすでに誰もいなかった。みんなは勤務の最中だから。

無人の部屋に向かってお辞儀をすると、恵平は廊下を戻って行った。映像の確認に立ち会わせてくれた先輩たちへ感謝の一礼だったけれども、心はズタズタに傷ついて、進むべき道を見失っていた。

地下街へ続く階段を、時折人が上り下りする。この時間に通る人たちは大抵が酔っ払って千鳥足になっている。友人同士で、大声で、笑ったりふざけたりしながら来る人もいる。東京駅のY口26番通路から八重洲方面に抜ける階段の踊り場に腰を下ろして、恵平はメリーさんを待っていた。

メリーさんはこの場所で、終電過ぎから始発までの短い夜をやり過ごす。ホームレスの人たちの本当の気持ちを知る由もないけれど、こうして手持ち無沙汰《ぶさた》に座っていると、道行く人からわけもなく攻撃されたり、疎まれたりするような気がして怖い。道端で前後不覚に眠りこけている酔っ払いとは全く違う意味の危機感がある。いっそのこと早く人通りが絶えて、静かな夜がきて欲しい。

そんなことを思いながら、ネットニュースを検索していた。

東京駅おもて交番前で起きた通り魔事件に関しては、細切れで断片的な記事が複数アップされている。恵平と同じ二十三歳、住所不定無職の犯人は、高速バスを使って東京駅まで来たらしい。実名と顔写真のほかに実家の家宅捜索に入る警察官の写真があって、家族構成や親の職業などが晒《さら》されていた。卒業した学校、受験に失敗した大学や、孤独だった高校生活、趣味や日常、実家を出たり戻ったりの日々。

別の記事では、犯人が転々とした職歴に焦点を当てた記事がアップされていた。アルバイト先で起こしたトラブル、消費者金融からの借金、ネット上のハンドルネームや、SNSへの不穏な書き込み。交際サイトから送ったメールを、受け取った女性が晒した記事さえあった。注目を浴びることなく生きてきた犯人の、おそらくは犯人自身が憎んだはずの生き様がこんなふうに晒されて、多くの人がそれを読む。彼はそれを望んで犯行を思いついたのか。

何人死んだ？　あのとき彼が知りたかったのは、抹消したい自分の過去の数だったのではなかろうか。

目の前を誰かの靴が行く。そして誰かの靴が来る。

コンクリートに腰を下ろしているうちに、自分が階段と同化していくような気がした。そして、心臓のおばあさんが大切に抱えていたものを思い出し、ふと、あの人は自分の息子を抱きしめたかったんだと考えた。大人になるにつれ失われていった息子の幻影をかき集め、七時間半も電車を乗り継いで東京まで来るあいだ、おばあさんは幸せだったのかもしれない。腕にあるのは静かな息子で、思いきり抱きしめて、おれが救ってやるぞと語りかけ、そして……いったいあれを、どのように終結させるつもりだったのか。

通り魔事件の犯人とおばあさんの息子が重なると、恵平は、通り魔犯の家族を想わないわけにはいかなくなった。どちらの息子も暴力的で、家族は息子を持て余した。どっちが幸せなのだろう。息子を殺人犯にしてしまうのと、家族の手で殺すのと。

そして、そんな二択で悩むのはそもそもおかしいと考えたりした。

警察官は万能じゃない。もとより人は万能じゃない。見上げる先は地下道の出入口で、街灯とビルと街路樹の枝が少しだけ見える。膝《ひざ》を抱えてうずくまっていると、自分が無力で小さく感じ、心細くて不安になった。

そんなことで平野先輩を救えるの？

柏村さんを助けられるの？

答えは見えない。

「お姉ちゃんお巡りさん」

ぼんやり上を眺めていたら、いつの間にかメリーさんがそばに立ち、心配そうに見下ろしていた。いつも視線の下にいるメリーさんは、見上げると安心できるほどボリュームがある。

「どうしたの、こんな時間に、こんなところで」

恵平は立ち上がり、お尻《しり》についた埃《ほこり》を払って、メリーさんの大切な寝場所を明け渡した。メリーさんは大きな鞄《かばん》を床に置き、心配そうに恵平を見た。

「まあ……ほんとうに……怖い事件があったから、ちょっと心配してたのよ。おもて交番に行ってみようかとも思ったんだけど、テレビの人がたくさんいたから」

「私……メリーさん……」

メリーさんは恵平の腕を引き、隅の死角へ移動した。風が冷たい夜や雨の日にメリーさんが眠る場所である。そこに恵平をしゃがませて、自分も恵平の前に座った。

「どうしたの？」

と、もう一度訊《き》く。

本当は、メリーさんが話したがっていると聞いたから、ここで待っていたはずだ。でもメリーさんの顔を見てしまったら、会いたかったのは自分のほうだと気がついた。なぜ会いたかったのかはわからない。けれど事件があってから、恵平はダミちゃんに行ったし、徳兵衛さんを探したし、ペイさんにも、柏村さんにも会いたいと思った。

自分の世界に異状はないか、確認しようとするように。

「私、うら交番へ行ったのに、初めて柏村さんと会えなかったの」

思いも寄らないことが口をついて出た。

「まあ」

と、メリーさんは小さく唸《うな》る。

「でも、代わりにお祖父《じい》ちゃんに会ってきた。私に名前をつけたお祖父ちゃんよ。清司と言って、柏村さんの時代には新聞記者の見習いをしていたの」

メリーさんは頷《うなず》いた。

「それで不安になったのね？」

訊かれた意味がわからずに、恵平は首を傾げた。

メリーさんは恵平の腕に手を置いた。古い結婚指輪をはめたメリーさんの指や手は青く血管が浮いていて、皮膚がたるんで柔らかかった。

「いつもと違う場所からね、いつも見ている景色を見ると、世界が違って見えることがある。昔の私がそうだった。餅屋《もちや》の女将《おかみ》を辞めたとき、ここに座って、階段を、独りでずっと眺めていたの」

そう言ってメリーさんは上を見る。

細長い天井の先には地上へ抜ける階段があって、出口の隙間に明るい夜が切り取られている。真夜中だけど通る人はいて、生ぬるい風が吹き下りてくる。

「新鮮だったわー……時間があるの。それまでは何時何分何秒と、時計を見ながら生きてきたのに、ここに座って、通る人たちを、いつまでもずっと見ていたの」

「私も少し見ていたよ。メリーさんが来るまで」

メリーさんはふくよかに笑った。

「でも、本当に見えたのは、遠い昔の思い出だった。ここにいると本当に、色々なことを思い出すのよ。取り戻せない日のことが次から次へと浮かんで来て、まるで、それまで思い出してもらえなかったことに文句を言っているみたい。忘れていたことも、後悔も、悲しみも苦しみも思い出して、でも、それが楽しいの」

「そうなの？」

悲しみや苦しみが楽しいなんて。驚いて恵平が訊くと、メリーさんは、

「そうよ」と答えた。

「生きてきたなって思うのよ。ああ、生きてきたんだな。一生懸命に生きたなあって。誰でもなく私自身がアタフタしながら生きてきて……色んなことがあったなあって」

その感覚は、恵平にはまだわからない。十年前の話ができるようになったとき、自

分も年を取ったと感じた経験があるくらいだ。

「お姉ちゃんお巡りさん――」

メリーさんは小首を傾げて微笑んだ。

「――いつか私がこの場所で、もしも冷たくなっていて……そのときは、柏木芽衣子《かしわぎめいこ》は幸せに人生を閉じたと思ってちょうだい。息子たちにもそう言って。ペイさんや徳兵衛さんはわかっているから」

恵平は鼻の奥がツンとした。

「いやだメリーさん。なんでそんなこと言うの」

メリーさんの瞳《ひとみ》は穏やかだ。通り魔事件の犯人の眼を見たときは人であるはずがないと思ったけれど、メリーさんの眼差《まなざ》しはまったく別の意味で人を超越したものに思えた。あんな眼をするのも人ならば、こんな目をするのも人なんだ。

「どこから何を見るかによって世界は変わる。きっとお姉ちゃんお巡りさんは、柏村さんに会えなくて不安になったのね」

そうなのだろうかと恵平は思い、きっとそうだと気がついた。

「そうかも……私……通り魔事件があったでしょ？　前触れもなくあんなことが起きたら世の中を信じられなくなっちゃって。たぶんそれで、だったんだと思う。ダミさんやペイさんや徳兵衛さんやメリーさんが元気でいるって確かめて、安心したくなったのかも。……でも柏村さんには会えなくて、なんだかすごく心配に……」

恵平は顔を上げてメリーさんを見た。

「うら交番へは出られたんだけど、前に柏村さんが刑事をしていた所轄署で事件が起きたみたいなの。柏村さんの後輩だった若い刑事さんが失踪《しっそう》していて、柏村さんは交番にいなかった。警察官をターゲットにした連続殺人事件かも」

「そうだとしても昔のことよ」

そう言ってメリーさんは恵平の腕をさすった。恵平は汗ばんでいるのに、メリーさんの手はさらさらしている。もしもの時がきたとして、メリーさんは、最初のご主人にもらった結婚指輪をして旅立つのだな。誰に遠慮することもなく結婚指輪をはめることがメリーさんの望みだったのだから。柏木芽衣子は幸せに人生を閉じた。そう言って人生を終われる人が、この世にどれほどいるのだろうか。

「昔のことは変えられないよね」

恵平はうなだれた。

「起きてしまったことは変わらない。ただ後悔するだけだよね」

そして、なぜモヤモヤした気分になっていたのか気がついた。

うら交番へ向かうとき、平野刑事は怒っていた。理不尽な通り魔事件で一般人が被害に遭った、そのことに、心の底から怒っていたのだ。

──犯罪が起きたときには被害者がいて、俺たちはいつも後手後手なんだよ──

あのとき平野はそう言った。ご遺族に不幸を知らせたことがやりきれないのだと思ったけれど、それだけじゃなかったんだと理解した。

「事件が起きると私たちは裏側を見るの。普通は、普通はね？」

恵平はメリーさんの腕を取る。気持ちを聞いて欲しかった。

「普通は、私たち、被害者やご遺族の気持ちになって頭にくるの。それで絶対に犯人を挙げてやるんだっていきり立つから頑張れる。頭の中が一杯になるから、どんなに辛《つら》くても頑張れるのよ。でも、今回みたいな場合には……結果ばかりが目の前にあって……」

メリーさんは恵平の手を握る。

「……どうすればよかったんだろうって、わからなくなるの」

「先輩たちに話しなさい。どうやって乗り越えてきたか訊きなさい」

「うん。やってみる」

メリーさんは優しく恵平の頭を撫《な》でた。ふるさとのお祖母《ばあ》ちゃんのように。

こんな想いを乗り越えて、人は生きていくのだろうか。あと何年も、何十年も、自分は生きていけるのだろうか。警察官として。

胸のお守りが重かった。グルグル巻きにして携帯している警察手帳はもっと重かった。安易に警察官を目指したなと思う。軽い気持ちで刑事になろうと決心したなと思ってしまう。やっと警察官になれたのに、自分はなにをやっているのか。

「私もね」

メリーさんは静かに言った。

「実は、お姉ちゃんお巡りさんを探していたのよ。知らせたいことがあって」

「うん。私、ペイさんからそう聞いて、メリーさんを待っていたんだよ」

メリーさんは大きく頷いた。

「お姉ちゃんお巡りさんが柏村さんの交番へ行くときだけど、古い地下道を通って行くって話だったでしょ」

「国際フォーラム近くの地下道ね。柏村さんの息子さんの話では、柏村さんがそのあたりで亡くなったから、それで」

「その地下道だけど、間もなく取り壊されるみたいなの」

「ええっ」

恵平は思わず大声を出し、自分で自分の口を押さえた。

幸いなことに、通行人も、声を気にする人もいない。

「それほんと？」

「夜間工事のアルバイトをしているホームレス仲間の話ではね、東京駅周辺の整備事業にあのトンネルも含まれていて工事が始まるそうよ。それを伝えてあげたかったの」

「工事はいつから？」

「八月のお盆過ぎ。もうじき中に入れなくなるわ」

心臓がドキドキして、自分を憐《あわ》れんでいる暇などないと思った。早く謎を解かないと、平野を救うことができない。謎については柏村に直接訊くほうが早いのに、今回柏村は交番にいなかった。恵平は不安と焦りで全身がサワサワとした。

「私たちが柏村さんの資料を手に入れたから、交番はもう、柏村さんに会わせてくれないのかな」

「柏村さんからなにかもらったの？」

恵平は首を左右に振った。

「桃田先輩が柏村さんの長男を探してくれて、ご自宅に保管されていた柏村さんの捜査手帳や日誌をもらったの」

「まあ」

メリーさんは驚いたようだった。

「そこに何か書かれてた？」

「手分けして調べているけど、バタバタしていて、まだわからない。柏村さんがどんな事件を追っていて、誰を救いたかったか見えてこないの」

そういえば。と、メリーさんは言って、大きな鞄《かばん》を引き寄せた。

「私も少し調べてみたのよ。兎屋《うさぎや》へお嫁に来たばかりの頃、野上署の近くで和裁をやっているお師匠さんがいてね、お義母《かあ》さんが着物の仕立てを頼んでいたの。私はお使いを頼まれて懇意に……これよ」

そう言って取り出したのは小さな手帳で、メリーさんがホームレス仲間の電話番号などを記しているものだった。

「ダメなのよ。年を取ると、昔のことは覚えているのに昨日のことは忘れてしまうの」

メリーさんは小さく笑い、

「お姉ちゃんお巡りさん、メモはある？」

と、恵平に訊《き》いた。

恵平は柏村関連をまとめるメモ帳を出した。

「ちょっと書いてね？　その和裁の先生がもう九十三になるのだけれど、お元気で、柏村さんが刑事をしていた頃のことを覚えてらしてね。先日お話ししてきたら、柏村さんには養子に迎えた息子さんがいたらしいのよ」

「え？」

恵平は眉《まゆ》をひそめた。

「柏村さんのお子さんって三人ですよね？」

「それは奥様との間のお子さんで、奥様と結婚する前に引き取った子がね。柏村さんが逮捕した女性の息子で、当時まだ五歳くらいだったという わ。柏村さんとその女性の間に生まれた子供じゃないのよ？　母親が刑務所に入ってしまって、柏村さんが引き取って面倒をみていたそうなんだけど、そのお子さんは」

行方不明になったんですって。と、メリーさんは言った。

「それで思ったのだけど、柏村さんが救いたかったのはもしかして、その子だったのじゃないかしら」

実子の他に養子がいた？　恵平は拳《こぶし》を握った。メリーさんの言う通りかもしれない。

柏村が調べていたのはその人物の行方なのかも。でも、それがうら交番の謎とどうつながるのだろう。桃田が見つけた毛髪と爪は、もしかしてその人物のものだろうか。

大きなヒントを得て血が巡り、今すぐその先を知りたくなった。

「もう大丈夫ね？」

と、メリーさんが笑う。

「お巡りさんの顔に戻ったわ」

そして恵平にこう言った。

「人ってね、自分のためには頑張らないのに、誰かのためなら頑張れるのよ。むかし誰かがそう言うのを聞いて、ほんとにそうだなと思ったものよ」

自分なら誰のために力を出せるのだろうと恵平は考え、そして通り魔と対峙《たいじ》したあの瞬間、おばあさんを守らなきゃと考えたことを思い出した。自分はへなちょこ警察官だけど、そう考えたら体が動いた。

「メリーさん、ありがとう」

メリーさんは「おやすみなさい」と静かに言って、ツバ広帽子に顔を隠した。

踊り場の隅に背中を預け、鞄を枕に横たわったので、恵平はその場を離れて出入り口の隙間に見えた夜の街へ出て行った。

都会の明るい空にさえ、月は小さく輝いていた。

メリーさんと別れたあとに、恵平は柏村が残した交番日誌を読んだ。色褪《いろあ》せた大学ノートには管轄区内の住人たちと交わした濃厚なやりとりが記されていて、恵平は、昔のお巡りさんが地域の人々の相談役だったという話を理解した。

ドブに下駄を落としたから拾って欲しいというお願いや、お祭りへの協力依頼、長床几《しょうぎ》で打った碁の仲裁から、野良犬が家の犬を孕《はら》ませたという苦情まで、柏村の日誌を読んでいると、頭のなかに昭和の人々の生活が生々しく描き出された。もしも現代の交番になくした靴を捜して欲しいと頼みに来る人がいたとして、自分たちは遺失届出書を出してもらう以上のことをするだろうか。そもそも靴をなくした程度で交番に届け出る人などいない。汎用《はんよう》品が潤沢にある現代は、靴一足、スーツ一着が高価で貴重だった昭和とは違うのだ。それなのに妄信殺人は現代でも起きる。無差別殺人はどうだろう？　少なくともそれは、過去には起きえない犯罪だったのだろうか。板塀とドブの臭いに犬の遠吠《とおぼ》え。あまりに赤い夕焼けも、遠くまで並ぶ電信柱も、鍋《なべ》を持って買いに行く豆腐屋の風景も、恵平は大好きだ。

柏村はまた、ノートに地図を書き写し、そこに住人の家族構成や、気を配るべき病人の有無や、病名までも書きこんでいた。診療所や産婦人科の電話番号もあって、有事には直接差配をしていたようだ。これほどまでに地域全体を把握していたというのなら、恵平の祖父が仕事を紹介してもらいたくて交番にいたことも、なるほどと思えるのだった。背表紙に出前を頼めるラーメン屋や食堂の電話番号があるのも微笑ましかった。それとは別に、どこそこの家から饅頭《まんじゅう》をもらったとか、子供の祝いで紅白餅《もち》がきたという記載などもあって、柏村がいかに慕われていたかを連想させた。

恵平が勤務する東京駅おもて交番には地域住民がほとんどいない。東京駅周辺はもともと三菱ヶ原《みつびしがはら》と呼ばれた荒れ地で、オフィス街として開発されて次々に商業施設が建ったので、丸の内西署管内の住居者はほんのわずかだ。

交番を訪れるのは来訪者のみで、だからこそ、住民が一脚ずつ持ち寄ったら交番のちぐはぐな椅子や、下駄履きでケンカの仲裁を頼みに飛んで来る人たちの存在が微笑ましかった。

黙々と日誌を読み続けていると、恵平と平野についての記述が残る箇所を見つけた。

昭和三十二年十一月一日の文章である。

記述前には柏村が野上署で担当したという少年バラバラ事件についてのメモがあり、同じページの下あたりに恵平と平野のことが走り書きされていた。

――深夜　刑事を名乗る平野という青年と　警察官の卵だという婦警が来訪
逢《あ》い引きホテルで起きた女優殺害事件を追っているという
一方的な猟奇殺人と思われていた岩渕宗佑《いわぶちそうすけ》（心中）事件について話をする
平野刑事　長身　痩軀《そうく》　役者のような顔立ち　話すとき顔をやや左に傾ける癖がある
眼光鋭く血気盛んだが経験浅き所見あり
堀北婦警　長身　痩軀　短髪で一見すると少年に見え　天真爛漫《らんまん》　人好きがする
両者ともに正体は不明　話すうち日付が変わった――

その夜のことは覚えている。管轄区内で猟奇事件が発生していて、ダミちゃんで夕食を取ったあと平野と歩いていてうら交番へ迷い込み、柏村の助言を得た。あのときはまだ、地下道がうら交番へつながっている確信すらなかった。何度行く道を探しても行き着くことができなかったのに、事件が起きたとたん、同じ地下道が二人をうら交番へと導いたのだ。まるで、そこに答えがあるよと言わんばかりに。
長身、痩軀、天真爛漫……柏村の書き込みをじっと見て、柏村からすると自分はこんなふうに見えているんだと感慨深く思った。また、気持ちが乗ってくると首を傾ける平野の癖や、眼光鋭く血気盛んだが経験は浅いと言い切る柏村の所見に感服した。柏村はあの大きな目で、自分たちが見ている以上のものを見ているのだろう。

刑事を長く続けていると暴力団関係者やヤミ金の取り立て屋に間違われるようになると聞く。人を疑い、言動の裏側を勘ぐる癖がついて目つきが悪くなるからだ。そんな仕事を続けていたら、心臓のおばあさん同様に、通り魔の本性も見抜けるようになっていくのだろうか。

柏村の几帳面《きちょうめん》な文字を指先で辿《たど》りながら読み進めたが、その後はめぼしい書き込みが見つからない。日誌は事象を箇条書きにしただけなので、興味を惹《ひ》かれず目が滑る。怒ったり疲れたり、こん畜生と思ったり、人間だから思うことはあるはずなのに、柏村はそれを敢《あ》えて書かない。

「どうしてだろう」

小さいテーブルに肘《ひじ》をつき、恵平は呟《つぶや》いた。

日々多くの人と接しなければならない交番の仕事は、感情をいちいち持ち込まないことが大切だと柏村は考えたのか。行く度に出してくれるほうじ茶は、相手に心を開かせるテクニックなのか。アパートの外を走る車の音が徐々に減る。

夜の都会はむしろ静かで、田舎ならフクロウや虫や蛙の声がうるさいはずだ。

ノートの日付が昭和三十三年を過ぎたころ、柏村の書き込みに度々『永田哲夫』の文字が出てくるようになった。

「あ。これ……」

お祖父《じい》ちゃんが話していた人物だ。と、恵平は思った。

野上署にいた頃の柏村の後輩で、大量の血痕《けっこん》を残して失踪《しっそう》したという若い刑事だ。

――昭和三十三年七月二十日　アブラゼミがうるさい日　それ以外は平和な一日

夕方に通り雨　セギが詰まって掃除をする

永田哲夫が小菅《こすげ》に飯岡英喜《いいおかひでき》を訪問したと聞く――

そのページだけ角が三角形に折ってある。

「なんだろう？」

恵平はスマホからネットサーチをしてみた。

飯岡英喜という人物は、最初にうら交番へ行ったとき柏村が話してくれた少年ホルマリン漬け事件の犯人だった。その事件を永田刑事と担当したということか。逮捕した犯人を永田刑事が拘置所へ訪ねたのは、事件に不審な点があったからなのか。

恵平はメモ帳を出して、飯岡英喜と永田哲夫の名前を書いた。

角に折り目のあるページは他にもあって、共通して永田哲夫の名前が出てくる。

折り目のあるページだけ拾い読みしているときに、永田が失踪した日の記載を見つけた。

——昭和三十四年七月五日

永田くんが失踪したと野上警察署から入電　下宿の畳に大量の血痕　万年床で隠してあった　財布や警察手帳等貴重品ほか日用品など　紛失したものはないと大家の弁

衣服も確認　寝間着など軽装の時に襲われて拉致《らち》されたか

部屋のカーテンがなくなっている　血液の量からして生存は絶望的か

永田くんが追っていた事件を調べる——

「昭和三十四年の七月五日」

それがこの前だったのだ。柏村が殉職するまで一年と少しだ。

さらに調べたが、柏村の養子だという男性についての記述はみつからない。徐々に目の焦点が合わなくなって、頭もまったく働かなくなり、恵平は睡魔に負けて作業を止めた。午前三時四十五分。しばらくすれば始発が動く。トイレに立って窓を見ると、すでに空が白み始めていた。

深く眠れば大丈夫、若いんだから、と自分に言って、恵平は押し入れの上段へ潜り込み、眠りに落ちた。

丸の内西署で朝礼を終え、拳銃《けんじゅう》を貸与されて東京駅おもて交番へ向かうとき、鑑識部屋の前で桃田が恵平を待っていた。

「あとでちょっと話があるから」

通りがかりに桃田は言った。

「わかりました。どうすればいいですか？」

「帰る前にこっちへ寄ってよ」

恵平も桃田や平野に重大な報告がある。

柏村には実子の他にもう一人男の子がいたこと、大学ノートの後半になると、永田哲夫の記載が頻繁に出てくること、そして何より重要なのは、うら交番へ通じる地下道が取り壊される予定だということだ。

いつものように交番勤務が始まったとき、恵平は事件が起きた交差点にひっそり置かれた花を見た。供えに来た人の姿はなかったけれど、花と飲み物の脇に置かれたカードに目を止めたとき、刺されて亡くなった男性の遺族が置いたものだとすぐにわかった。カードにはメガネをかけたお父さんと、髪がくるっとしたお母さん、女の子と男の子の絵が描かれていたからだ。

重く鋭く切ない痛みを感じながら、恵平はおもて交番へ入った。

「おはようございます」

努めてハキハキした声で言うと、カウンターの奥で夜勤明けの山川が、

「あれを見た？」

と、訊《き》いてきた。歩道の花のことだろう。

「はい。私、この前、鑑識の部屋で、お子さんが描いたお父さんの絵を見たんです。伊藤鑑識官が片付けをしているときに。きっと被害者がお財布の中に、大切にしまっていたものだろうと思いました。歩道の絵はそれとそっくり」

「そうなんだ」

山川はそう言って鼻の下をこすった。

「今朝早くお母さんと子供二人で来たんだよ。ぼくはここから見ていたけれど、何も言ってあげられなかった。ていうか、言えることなんかないよね、辛《つら》いなあ」

「はい」

歩道に置かれた花の近くを、人々が通勤していく。

見知った顔が通るたび日々の平和が誇らしかった恵平は、それがどれほど希有《けう》なことかを思い知る。そして、もしもまた同じシーンに遭遇したら何ができるだろうかと考えた。コンマ何秒の迅速さが誰かの命を救えたらいい。次は凍り付いたりしない。絶対に躊躇《ためら》わない。誰かのためなら力を出せる。

東京駅おもて交番前無差別殺傷事件と、息子の内臓を持った老女が交番に来た事件。図らずも同じ日に丸の内西署が抱えることになった二つの事件のうち、通り魔についてはメディアもプレスもこぞって報道合戦を繰り広げたが、もう片方に関してはほとんど報道されずに終わった。

小川勝司はプライバシーを丸裸にされて、彼を祖父母に預けた両親も、育てた祖父母も、そのせいで事件が起きたと言わんばかりに叩《たた》かれた。あの瞬間は真夏の焼け付くアスファルトに小川の顔を押しつけてやりたいと思った恵平だったが、あまりに詳細な報道の裏に大衆の悪意を感じてからは、怒りを孕《はら》む邪悪さを見るのが辛かった。

それよりも、事件に遭った人たちを思い遣《や》ることはできないのだろうか。

たくさんの人たちが今日も東京駅へと向かい、駅からどこかへ移動していく。忙《せわ》しない流れに身を任せる人たちの中に、同じ場所で靴を磨き続けるペイさんや、物陰に立ち尽くして指名手配犯の顔を追い求める警察官や、駅で働く人たちや、駅を見に来る人たちがいる。観光客が交番の階段を上ってくると、恵平はその手に小さな風呂《ふろ》敷包《しきづつ》みや、たくさんの紙袋を探してしまう。意識せず臭いを嗅《か》いで、後遺症だなと悲しく思う。そういうときには、おばあさんにとってあれがどんなものだったのかを突き詰めて考えることにする。腐臭がするとか、薄気味悪いとか、おばあさんは少しも思っていなかったのに違いない。たとえば家族が変わり果てた姿になったとして、自分なら胸に抱きしめることができるだろうかと考える。

自分もきっとそうするはずだ。できる、できないということでなくて、そこにいるのは愛する者で、愛と悲しみ以外を感じる余裕なんかないと思うから。

母子が置いた花束は真夏の熱波ですぐさましおれ、カサカサと風になぶられて揺れている。花束に添えた子供の絵が足蹴《あしげ》にされてしまわないよう、夜になったら回収し、交番のバックヤードに貼らせてもらおうと恵平は思う。

それを見るたび思い出す。救えなかった命と遺族の悲しみ、突然襲ってくる恐怖がそこにあること。自分のためには頑張らないけど、誰かのためなら頑張れるから、東京駅おもて交番の私たちは頑張り続ける。ある日の惨劇、ある日の不幸、そのとき感じた敗北感、全てを決して忘れない。

エピローグ

夕方。恵平は勤務を終えて本署に戻り、喫茶コーナーで桃田を待った。

何を飲もうか思案して、冷たい爽健美茶《そうけんびちゃ》を買ったとき、一足早く平野が来て、自販機で炭酸飲料のボトルを買った。

「お疲れ様です」

と恵平が言うと、

「おう」

と、答えた。バキバキと封を切って半分飲むと、横を向いて炭酸を吐く。

「兵庫のほうはどうなりましたか？」

ほとんど報道されていないので訊いてみた。

班長はあれから数日して戻り、おばあさんは留置場から拘置所へ送られたようだが、家族はこちらへ来ていない。向こうの警察署に勾留《こうりゅう》されているのだろう。

「けっこう時間がかかるんじゃないかな」

唇を拭《ぬぐ》って平野は言った。

「ぜってー精神鑑定が必要だろ？　誰ひとり殺人を隠していないわけだから」

「そうか……だから報道されないんですね」

「報道倫理ってもんがある」

なるほど、と、恵平は思った。

「通り魔のほうはどうですか」

「言語道断。相変わらずだよ。手とナイフをくっつけていたところからしても、殺す気満々だったわけだから。思い出せば出すほど腹が立つし――」

平野は横を向いて頭を掻《か》くと、しかめっ面でこう言った。

「――話せば話すほど腹が立つ。そういう野郎は稀《まれ》にいるけど、あの犯人はそのタイプだ。母親にも、父親にも腹が立つ。あいつ自身の問題なのか、ほかのせいかはわからない。ただ、あいつがずっと孤独だったことだけは俺にもわかる。だからって絶対に許さないし、何もかもが腹立たしいわ」

平野は苦しげに顔を歪《ゆが》めて、

「クソッタレ」と呟《つぶや》いた。

「あれだ。行動認知に問題がなくても、どっかぶっ壊れているヤツってのは、話をしてると、なんか……こう」

終末的な感覚になる、と吐き捨てる。

声のトーンが次第に下がって、悲しげな口調になっていた。

「同じ世界に住んでいるとは思えないんだ。疲れるよ」

恵平は無言で頷《うなず》いた。

平野の話がきちんと理解できるわけではないが、思い出すのは、あの瞬間の犯人の眼だ。ギラギラと憎しみに溢《あふ》れ、同時に醜く輝いていた。あんな人間がこの世にいると、知ってしまったから世界が変わった。

「お疲れ、待たせた？」

おぞましいビジョンを振り払うかのように、明るく言って桃田が来た。

まだ鑑識の活動服を着ているが、業務は終了したはずだ。桃田は自販機を覗《のぞ》き込み、今日も冷たい抹茶ラテを購入した。

「話ってなんだ」

と、平野が訊《き》く。

「私も重要な話があるので、ピーチ先輩のあとで聞いて下さい」

先に言っておかないと、平野はすぐにいなくなるので釘《くぎ》を刺す。

カップに飲み物が注ぎ終わると、取り出し口を開けながら桃田が言った。

「柏村さんの遺品にあった毛髪と爪だけど」

こぼさないようにカップを出すと、丁寧に取り出し口を閉めて言う。

「DNA鑑定の結果が出たよ。A型の男性で、年齢は三十前後。鑑定結果でサーチしてもらったら、興味深いことがわかってね」

抹茶ラテを持って立ち飲みテーブルに着くと、桃田は平野と恵平が自分の近くへ来るのを待った。

「もったいぶらずに早く話せよ」平野が言うと、

「そう言うと思った」と、笑ってから、

「重大な発見なんだから、少しくらい気を持たせてもいいだろ」

桃田は自分のスマホを出すと、メモ機能を呼び出した。

「平野たちがうら交番へ呼ばれる理由に、柏村って警察官が関わった冤罪《えんざい》事件や未解決事件が関係しているんじゃないかって推測があったよね？　それで、あの毛髪と爪だけど、どちらも同じ人物の毛髪と爪で、未解決事件のいくつかに関わっているらしいことがわかったんだ」

「マジか」

平野は一歩詰め寄った。

「データを照合してたら伊藤さんに見つかって、どんな経緯で手に入れたサンプルなのかと、逆に質問されちゃったけど、なんて説明すればいいのか迷うだろ」

「なんて説明したんだよ」

桃田はラテをひと口飲んで、悪びれもせずに平野を見た。

「そのまま言うより仕方ないだろ？　かつて東京駅うら交番にいたお巡りさんの遺品から見つけたって話したよ。純粋な興味でＤＮＡ鑑定を依頼したって」

そして平野にこう訊いた。

「ほかになにか言いようがあるかな？」

平野はムッとした顔で首をすくめた。

「で？　気を持たせずに、とっとと先を言えって、ピーチめ」

桃田は両手のひらを平野に向けて牽制《けんせい》した。

「まあ落ち着けって。この先はぼくも個人的に調べてみるつもりだけれど、そうしたら、伊藤さんが本庁の資料課を紹介してくれたんだ。先《ま》ずは昭和三十三年、本石町の日本橋川で発見された警察官バラバラ殺人事件」

「あっ、それ！」

と、恵平は人差し指を平野に向けた。

「あの事件じゃないですか。柏村さんが呼ばれていった」

「昭和の未解決事件だろ」

「そういうこと」

と、桃田は言った。

「ＤＮＡが一致したのか？　被害者と？」

「いや、そうじゃない。被害者はＡＢ型だ。その事件では、犯人につながりそうなものはなにひとつ発見されてないいんだよ」

桃田が得意げに言うので、

「じゃ、なんだよ」

平野は訝《いぶか》しそうに喰《く》って掛かった。

「発見はされていないんだけど、犯人が遺体を投げ落としたと思《おぼ》しき橋の欄干から採取した微物に体毛があって、現代の鑑定技術で調べた結果、A型の成人男性のものだとわかっているんだ。ま、日本人はA型が多いから偶然の一致かもしれないけれど、いちおうね。ところが、ここからがちょっと面白い。

同年、中野駅近くに畑を持っていた地主の子供が行方不明になっている。身代金目的の誘拐事件とかではなかったらしいけど、子供は結局みつからなくてね。事件報道もされなかったんだけど、親たちが、子供が最後に目撃された農作業小屋を捜したところ、使われていない農具の下に不審なシミを見つけて中野署に届け出ているんだよ。そこで警察が調べたところ、不審なシミは血液だとわかったものの、子供のものとは一致しなかった。この件はただ記録に残っているだけなんだ」

平野は不思議そうな顔をしている。

恵平もさっぱり要領を得ない。

それを見て桃田はニヤリと笑った。

「血液のシミはAB型で、バラバラ遺体となった警察官と同じだ。日本橋署では警察官を殺害した犯人が農作業小屋で遺体を解体したのではないかと考えたようだけど、残念ながら捜査は暗礁に乗り上げて未解決に終わっている」

「柏村さんはその事件を追っていたんでしょうか」

「ていうか、柏村のオッサンは犯人を知っていたってことか？　いや、ちょっと待て。結局、毛髪と爪の持ち主は誰なんだ？」

「わからない」

と、桃田は言った。

「俺たちをおちょくってんのか？」

平野はさらにムッとした。

「本当に不思議なのはここからだから。毛髪と爪の持ち主のＤＮＡは、警視庁の捜査ファイルに残されていた。しかも、昭和ではなくもっと最近、別々の重大事件の現場で、同じＤＮＡが採取されていたんだよ」

恵平と平野は顔を見合わせた。

「なんか私、怖くなってきました」

もう待てない。恵平は二人にこう言った。

「柏村さん、いえ、うら交番は、絶対に、私たちに何かして欲しいんですよ」

「おまえは何を言ってるの」

「だって、たぶん、そうなんです。先輩、聞いてくださいよ。あの地下道、うら交番へ続くあの道は、整備事業計画で間もなく取り壊されるらしいです」

「え」

と言ったのは桃田だった。

「うら交番へ行けなくなる可能性があるってこと？」

「クソ、マジかよ」

と、平野も眉《まゆ》をひそめる。

「私も昨夜、メリーさんから聞いたんです。メリーさんもいろいろ心配してくれて、柏村さんがいた野上警察署の近くに居た人から話を聞いてくれたんですけど」

「柏村のオッサンがいた頃の野上署か？　その人っていくつだよ？」

「柏村さんよりずっと若くて九十三です」

「……うそだろ」

呆《あき》れたように平野は言った。

「それはまあ、どうでもよくて、大切なのは、柏村さんには肇さんたちのほかに養子が一人いたそうなんです。逮捕した女性の息子を引き取って面倒をみていたんですって。でもその子が行方不明になっていて、だからメリーさんが言うのには、柏村さんが救いたいのはその子じゃないかと」

「なんだか話がどんどんややこしくなってない？」

桃田はメガネを押し上げた。

「部下だった刑事の失踪《しっそう》事件は？　そっちは平野が調べてるんだよね」

「まだわからん。柏村さんが殉職した事件すら資料がないのに、それより前に起きてんだからな」

「でも、警察官バラバラ事件については調書があったわけですよね」

「それは死体が上がったからだろ。刑事のほうは血だけじゃねえか」

炭酸飲料をテーブルに置き、平野は桃田を見て訊《き》いた。

「まだわからないことよりも、DNAが一致した未解決事件の話をしろよ」

「そうそう。不思議なのは、なぜ、昭和三十五年より前の資料に、現代の事件関係者の毛髪や爪が残されていたのかってことなんだよ。ひとつは……」

桃田はテーブルにスマホを載せて画面を開いた。

そこに呼び出されていたのは平成に起きた外国人女性失踪事件の記事だった。

【またも失踪　女性が五人も行方不明に　不法在留　情報少なく】

「こんな事件があったか？　覚えてねえな」

と、平野が言う。

「岡山の記事だ。管轄区の事件でないと記憶が薄いか、そもそも知らないこともあるよね」

「謎のDNAはその事件の被疑者ですか？」

「そうじゃない。そこがちょっと複雑なんだよ」

複雑な話はもういいや、と、平野が言った。

「でも、もう一件を聞いたら目の色が変わるよ」

桃田はそう言って、次の記事を呼び出した。

【現代の神隠し　無残　ゴミの集積プールに】

「あっ、これ」

恵平は平野を振り向いた。平野は桃田のスマホを奪い、両手に持ってこう言った。

「徳兵衛の爺《じい》さんの事件じゃねえか。あ？　現場に証拠なんかあったかよ」

それは感染症禍で人通りが途絶えた東京の街で起きた凄惨《せいさん》な殺人事件の記事だった。ホームレスが拉致《らち》されて、清掃工場のゴミ集積プールに遺棄されたのだ。

「あの事件ではマイクロバイオームの処理場からも人骨の破片が出てたよね？」

忘れるものか。恵平は頷《うなず》いた。

「月島《つきしま》署の鑑識が、現場で不自然な指紋を見つけて採取していたんだけどね。どこが不自然かというと、明らかに指紋を残さないようにした形跡があるのに、一部分だけが残されていたんだって。しかも液化装置のコントローラーに」

その事件でみつかったのは人骨の破片だけで、どんな理由でか、人間が装置で溶かされたと推測されている。状況を想像して恵平は唇を噛《か》んだ。

「コントローラーとか聞くと……まあな」

　と、平野が頷いた。

「自信のある犯人ほどやらかすと思わない？」

　桃田がクールに言った。

「手と凶器をグルグル巻きにしていたバカみたいにな。警察を舐《な》めやがって」

　平野がまだ怒っているので、桃田は苦笑まじりに続ける。

「ＰＣＲ法と言って、最近ではわずかな細胞さえあればＤＮＡの特定領域を増幅させて検査できるようなんだ。指紋に残された皮膚細胞を探したんだよ」

「そのＤＮＡと一致したってことですか？」

「ほぼね」

　と桃田はドヤ顔になる。恵平はゾッとした。

「私……この前、気付いたことがあるんです。私や平野先輩がうら交番へ行けるってことは、もしかして向こうからもこっちへ来ている人がいるんじゃないかと」

「それが毛髪と爪の持ち主ってこと？　凶悪犯がこっちへ来てる？」

「わからないけど」

　桃田は「うーん」と顔をしかめた。

「どうする平野。地下道が壊されるなら、本当にもう時間がないぞ」

その目がチラリと自分を見たので、恵平は、自分が平野を案ずるように、桃田と平野も自分のことを案じてくれているのだと気がついた。恵平は平野より先に向こうへ行った。死ぬなら自分が先なのだ。

「くそ……何をどうやって調べればいいんだ」

平野が呻《うめ》く。

ひしひしと、焦りが背筋を這《は》い上がってくる。今回はなぜ柏村に会えなかったのか。それなのになぜうら交番へは行けたのか。柏村が救いたいのは養子の息子か、永田刑事か。二人はどこへ消えたのか。

「謎ばっかりで混乱しますね」

明るい調子で言ってはみたが、平野も桃田もにこりともしない。桃田の抹茶ラテは氷が溶けて、恵平はまだひと口もお茶を飲んでいなかった。

「柏村肇にもう一度訊こう」

しばらくしてから平野が言った。

「電話でもいいから養子について訊くんだよ。何があって、どこでどうなって消えたのか、柏村のオッサンは何をしようとしてたのか」

「そうだね。血はつながってなくても、兄弟なんだから記憶はあるよね。先《ま》ずはそっちを確認すれば、柏村って人が救いたかったのが誰なのか、正解に一歩近づくよ」

桃田は恵平を見て頷いた。恵平に残された時間は三ヶ月程度だが、うら交番へ行く地下道が閉ざされるまでは、ひと月程度しかない。

「もしも」

誰にともなく恵平は言った。

「本当に謎を解いて欲しいなら、そのために私たちを呼んだなら、うら交番と柏村さんにも協力してもらわなきゃダメだと思う」

平野と桃田は呆気《あっけ》にとられ、そして平野がこう訊いた。

「どうやって」

恵平は先輩たちを交互に見つめ、メリーさんにもらったお守りの上に手を置いた。

「向こうから一方通行のお願いなんてずるいです。世の中はギブアンドテイクで回ってる。今までは誰一人、うら交番へ呼ばれるわけを本気で調べようとしなかった。何度もあそこへ行っているのも私たちだけで、東京は急速に変わって、たぶん、もう、東京駅ぐらいになっちゃうんですよ。過去の面影を残すのは」

「だから？」

と、桃田がさらに訊く。

「だから、いま、私たちなんです。私たちにしか謎は解けない。もう一度、徹底的に調べてみましょう。マイクロバイオームの処理場の事件と、女性たちが行方不明になった事件と、昭和に起きた警察官と刑事の殺人事件、それと、柏村さんの養子の件も」

――人ってね、自分のためには頑張らないのに、誰かのためなら頑張れるのよ――

メリーさんの言葉が頭に響く。

私もできる。平野先輩のためならば。

そして恵平は、メリーさんも自分のために頑張ってくれたのだなと悟った。ピーチ先輩も、そして平野先輩自身でさえも。

喫茶コーナーの壁に掛かった丸い時計が、刻一刻と時間を刻む。その一秒一秒を消費しながら、自分たちは生きている。過去は未来へつながって、私は今ここにいる。

「きっと解ける」

と、恵平は言って爽健美茶の封を切り、桃田と平野の前に掲げた。

先輩二人は少し戸惑い、乾杯するように飲み物を上げた。

少しぬるくなってしまったお茶を飲みながら、恵平は、ああそうだ、メリーさんに名刺を渡すの忘れちゃった、と考えていた。

七月中旬。昨年恵平がうら交番へ行った日まで、三ヶ月を切っていた。

……to be continued.

【主な参考文献】

「葬送と肉体をめぐる諸問題」長沢利明（『国立歴史民俗博物館研究報告　第１６９集』２０１１年11月）
『猟奇殺人のカタログ50』ＣＩＤＯプロ編（ＪａｐａｎＭｉｘ）
『東京駅の履歴書　赤煉瓦に刻まれた一世紀』辻聡（交通新聞社）
『絵解き東京駅ものがたり　秘蔵の写真でたどる歴史写真帖』（イカロス出版）
『加藤嶺夫写真全集　昭和の東京　３　千代田区』川本三郎・泉麻人／監修（デコ）
『加藤嶺夫写真全集　昭和の東京　５　中央区』川本三郎・泉麻人／監修（デコ）
『新聞紙面で見る二〇世紀の歩み　明治・大正・昭和・平成　永久保存版』（毎日新聞社）

遺伝子医療時代
http://contest.japias.jp/tqj15/150420/DNA_profiling.html

本書は書き下ろしです。

この作品はフィクションです。
設定の一部で実在の事象に着想を得てはおりますが、
小説内の描写は作者の創造に依るものであり、
実在の人物、団体、事件等とは一切関係ありません。

ＥＶＩＬ《イビル》　東京駅《とうきょうえき》おもてうら交番《こうばん》・堀北恵平《ほりきたけっぺい》
内藤《ないとう》　了《りょう》

角川ホラー文庫　22841

令和３年９月25日　初版発行
令和６年12月５日　再版発行

発行者―――山下直久
発　行―――株式会社KADOKAWA
〒102-8177　東京都千代田区富士見2-13-3
電話 0570-002-301（ナビダイヤル）
印刷所―――株式会社KADOKAWA
製本所―――株式会社KADOKAWA
装幀者―――田島照久

●お問い合わせ
https://www.kadokawa.co.jp/（「お問い合わせ」へお進みください）
※内容によっては、お答えできない場合があります。
※サポートは日本国内のみとさせていただきます。
※Japanese text only

ISBN978-4-04-111429-2　C0193

角川文庫発刊に際して

角川源義

第二次世界大戦の敗北は、軍事力の敗北であった以上に、私たちの若い文化力の敗退であった。私たちの文化が戦争に対して如何に無力であり、単なるあだ花に過ぎなかったかを、私たちは身を以て体験し痛感した。西洋近代文化の摂取にとって、明治以後八十年の歳月は決して短かすぎたとは言えない。にもかかわらず、近代文化の伝統を確立し、自由な批判と柔軟な良識に富む文化層として自らを形成することに私たちは失敗して来た。そしてこれは、各層への文化の普及滲透を任務とする出版人の責任でもあった。

一九四五年以来、私たちは再び振出しに戻り、第一歩から踏み出すことを余儀なくされた。これは大きな不幸ではあるが、反面、これまでの混沌・未熟・歪曲の中にあった我が国の文化に秩序と確たる基礎を齎らすためには絶好の機会でもある。角川書店は、このような祖国の文化的危機にあたり、微力をも顧みず再建の礎石たるべき抱負と決意とをもって出発したが、ここに創立以来の念願を果すべく角川文庫を発刊する。これまで刊行されたあらゆる全集叢書文庫類の長所と短所とを検討し、古今東西の不朽の典籍を、良心的編集のもとに、廉価に、そして書架にふさわしい美本として、多くのひとびとに提供しようとする。しかし私たちは徒らに百科全書的な知識のジレッタントを作ることを目的とせず、あくまで祖国の文化に秩序と再建への道を示し、この文庫を角川書店の栄ある事業として、今後永久に継続発展せしめ、学芸と教養との殿堂として大成せんことを期したい。多くの読書子の愛情ある忠言と支持とによって、この希望と抱負とを完遂せしめられんことを願う。

一九四九年五月三日

MASK

東京駅おもてうら交番・堀北恵平

内藤了

箱に入った少年の遺体。顔には謎の面が…

東京駅のコインロッカーで、箱詰めになった少年の遺体が発見される。遺体は全裸で、不気味な面を着けていた。東京駅おもて交番で研修中の堀北恵平《ほりきたけっぺい》は、女性っぽくない名前を気にする新人警察官。先輩刑事に協力して事件を捜査することになった彼女は、古びた交番に迷い込み、過去のある猟奇殺人について聞く。その顚末を知った恵平は、犯人のおぞましい目的に気づく！「比奈子」シリーズ著者による新ヒロインの警察小説、開幕！

角川ホラー文庫

ISBN 978-4-04-107784-9

PUZZLE
東京駅おもてうら交番・堀北恵平

内藤 了

都内各所で見つかるバラバラ遺体！

年の瀬が迫り、慌ただしくなる東京駅。新人女性警察官の恵平《けっぺい》は、置き引き犯からスーツケースを押収する。中には切断された男性の胸部が——翌日から、都内各所で遺体の一部が次々に発見される。冷凍状態の男性の胸部と足、白骨化した女性の手首、付着していた第三者の血痕……被害者は一体誰なのか？　遺体発見のたびに複雑化する事件を、青年刑事・平野《ひらの》と恵平が追う！　過去と現代の猟奇犯罪が重なり合う、シリーズ第３弾。

角川ホラー文庫

ISBN 978-4-04-108755-8

ISBN 978-4-04-108756-5

ON
猟奇犯罪捜査班・藤堂比奈子

内藤 了

凄惨な自死事件を追う女刑事！

奇妙で凄惨な自死事件が続いた。被害者たちは、かつて自分が行った殺人と同じ手口で命を絶っていく。誰かが彼らを遠隔操作して、自殺に見せかけて殺しているのか？新人刑事の藤堂比奈子らは事件を追うが、捜査の途中でなぜか自死事件の画像がネットに流出してしまう。やがて浮かび上がる未解決の幼女惨殺事件。いったい犯人の目的とは？　第21回日本ホラー小説大賞読者賞に輝く新しいタイプのホラーミステリ！

角川ホラー文庫

ISBN 978-4-04-102163-7

サークル

猟奇犯罪捜査官・厚田巌夫

内藤 了

ガンさんと死神女史、新婚当時の事件

ある事件を経て新婚生活をスタートさせた厚田巌夫と石上妙子。警察官一家惨殺事件が発生、二人は駆け出し刑事と新鋭検死官というそれぞれの立場から事件に向き合うことになった。妙子のお腹が大きくなり産休も間近、二人が本当の夫婦になろうとしていた矢先の出来事。そして凶器の情報を捜査中の厚田のもとに妙子が病院にいるという連絡が入り……。「猟奇犯罪捜査班」の人気登場人物、結婚当時の過去を描いたスピンオフ作品！

角川ホラー文庫

ISBN 978-4-04-107222-6